i
imaginist

想象另一种可能

理想国
imaginist

图书在版编目（CIP）数据

迷路员 / 沈大成著 . -- 北京：台海出版社 ,2021.8（2021.10 重印）

ISBN 978-7-5168-3047-5

Ⅰ . ①迷… Ⅱ . ①沈… Ⅲ . ①幻想小说－中国－当代 Ⅳ . ① I247.5

中国版本图书馆 CIP 数据核字 (2021) 第 120947 号

迷路员

著　　者：沈大成	
出 版 人：蔡　旭	封面设计：山川制本 workshop
责任编辑：徐　玥	

出版发行：台海出版社
地　　址：北京市东城区景山东街 20 号　　邮政编码：100009
电　　话：010-64041652（发行，邮购）
传　　真：010-84045799（总编室）
网　　址：www.taimeng.org.cn/thcbs/default.htm
E – mail：thcbs@126.com

经　　销：全国各地新华书店
印　　刷：山东韵杰文化科技有限公司
本书如有破损、缺页、装订错误，请与本社联系调换

开　　本：787 毫米 ×1092 毫米	1/32
字　　数：135 千字	印　　张：9
版　　次：2021 年 8 月第 1 版	印　　次：2021 年 10 月第 2 次印刷
书　　号：ISBN 978-7-5168-3047-5	

定　　价：52.00 元

版权所有　　翻印必究

迷路员

沈大成 _ 著

台海出版社

目 录

1 知道宇宙奥义的人
21 葬礼
40 烟花的孩子
57 皮肤病患者
75 陆地鲸落
93 沉默之石
110 大学第一个暑假
128 花园单位
158 漫步者
177 养蚕儿童
196 嘴里
206 锚男
225 经济型越冬计划
245 星战值班员前传
263 刺杀平均体

知道宇宙奥义的人

有一天,年轻的男女朋友在一个科学馆约会。科学馆的造型是这样的,两侧各有一个立方体,中间夹住一颗硕大的球体。立方体内部是展厅。球体内部有一座圆顶大剧场,人们叫它天象剧场,里面播放四维星空影片。看星空影片是科学馆的人气项目。

午后,年轻的男女朋友先到两个立方体里面,在各层楼看了各种标本、模拟实验、互动式展品,它们有关地球起源、生命进化和人类科技,涉及生物、物理、化学和气象等多个学科。在科学馆约会有很多好处,路无止境,不缺话题,顺便补充知识。这里情侣很多,很多有孩子的家庭也来这里度周末,以后这些情侣就可能变成这些家庭,因此还可以说在这里约会有预见未来的好处。后来到了预约的影片放映时间，男女朋友和同批观众排队进入大球内部。

天象剧场中，四百余人在绕圈排列的座位上坐好，视线投向斜上方，等一等，星象仪会把浩瀚星空投影到大家头上的圆顶天幕。剧场暗了，讲解员柔和的声音响起，提示影片即将开始。宁静的几秒钟缓缓过去，几枚流星从圆顶上倏忽滑过，巴赫的《C大调前奏曲与赋格》骤然响彻剧场。多年前，曾有两颗探测器携带铜质镀金唱片远航深空，向宇宙传递地球之声，巴赫的钢琴曲就在唱片收录的几十首名曲之中，它会在外星文明找到新的倾听者吗，也许吧。此时听着巴赫的四百余人，仿佛脱离地球，身随探测器，飘荡在外太空。人们看到一条扁的光带飞来，也像自己正朝它飞去，当光带越来越大，越来越靠近时，如同海里的蝠鲼悠闲地翻转身体，不再用相对薄的侧面对准人们，而是展示自己另一个极为庞大的面。人们怀着迷惑和敬意注视它：那个面上有一个大旋涡，组成旋涡的是无数颗发光的恒星，它是我们的银河！一认出来，观众席轻声哗沸，又安静了，因为人们与银河的距离更近了，银河开始填满整个剧场的上空。由于宇宙没有天然的上下概念，既像银河当头坠落,又像人们连同椅子朝它倒栽下去,不管怎么说,最终人与银河交汇了,星星几乎压在每个人鼻尖上。

男朋友在那时还很清醒,但是他昨天工作到很晚,随着银河在眼前变幻,过多的星体使他疲劳;巴赫之后,响起讲解员极具掌控力的声音,引导观众观测星象,过多的陌生名词也使他疲劳,他睡着了。

也有别的观众睡着了,每场星空影片都令一些人失去意识。人不可能对抗宇宙的威力对吗,人应该在宇宙中自觉虚弱对吗,睡觉或许是这种心理的体现。可别人不那么容易立刻打起呼噜来。在接下去的三十分钟里,女朋友一直负责地与他手牵手,一旦听到呼噜声,便抠他手心,帮他醒过来。他屡次在银河下清醒过来,可是他老是怀着对女友的歉意,马上又在银河下睡过去了。

其中一次醒来后,他先用两边肩膀交替着往椅背上蹭,使自己坐正,同时回握一下女朋友的手,又偏头向她看过去,尽管自己不争气地总要坠入睡梦中,可这样并排坐着牵住手,他确实感觉永恒而且甜蜜。他向她一笑,强撑着继续看影片。事先他已经从科学馆的图文资料上得知,星象仪能投影出 1.4 亿颗星，面前的星星正像灰尘一样多，但有几道活动的金光在为他摘出重点。金光从一些星流向另一些星，串联出若干个有人有兽的图案，他听见讲解员介绍星座名称。便在此时，他感到一股由太空发射来的力量将自己强行按在地球上科学馆的椅子里，他头一仰，肩膀撞击在椅背上，某个讯息霎时间进入身体。他心头震骇无比。他想分辨究竟：那是什么？可来不及了，睡魔的黑暗之嘴又靠拢过来，俯在他头顶，将神志从他身体里一口吸吮掉，那天它一遍一遍地吸吮他，他刚刚瞪大的眼睛又无力地缩小，闭住了。那是什么？他用尽最后一丝力气想。那应该是重要的事。但那是什么？

　　银河退远了，剧场的灯光重新亮起，大家又被允许自由交谈了，谈着对影片的体会，有秩序地撤出剧场。男朋友彻底醒来后，怔怔坐着，女朋友觉得他模样可爱，像瞌睡的家养宠物，他僵硬地扯动嘴角。他们差不多是最后离场的两名观众，依然紧拉着手，可女朋友觉得他手上失去了力气，麻木无情地被拉扯着，对刺激绝无反应。他们回到立方体中，草草再看了几件展品，走出了科学馆。天色刚近黄昏，别的情侣还在约会。

第二天,他整个人提不起精神,以后每一天都更消沉一点点。女朋友还用别的词描述他:懒洋洋,不振作了,萎靡,松松垮垮的。她对自己的朋友讲述了男朋友的变化。

"什么原因呢,从前不是很活跃的人吗?"友人不解。

"我说你有什么事,工作方面的事?钱的事?家里的事?——不就这几种事吗,哪里有问题?他不愿意讲,后来终于开口了,他说因为睁开眼睛看了一眼宇宙,"女朋友说,"在科学馆里。"

"科学馆?我们也去过。科不科学的,说真的我没所谓,但当时我们两个都想表现好一点,我装作津津有味地看标本、骷髅、化石,假装爱它们,后来又看了一部无聊影片。"

"看完后,你男朋友没有变化吗?"

"好像没有,我们都没有变得更有智慧。"友人问,"他就是在那儿看了一眼宇宙?"

"对,就变成一个虚无主义者。"

"神奇。"友人想了想,提醒她,那会不会是男人耍的烂招?表面包装成宏大叙事,里面极度可笑,"用地球、宇宙、银河鬼扯一通,说他好像感知到巨大能量,从此觉得人生意义不一样了,所以他反常、痛苦、消极,他克服不了,就从你身边慢慢退开。他们每部漫威电影都看,熟悉超级英雄的套路,你想想,可能是无耻地借用到他自己身上了。"

"这也太幼稚了,男的真是……"但女朋友不认为是这样,她觉得男朋友的表现更像应激反应。一个人经历过一件事,再次看到相关画面容易犯毛病,比如一个人经历过战争、车祸、大屠杀、暴力犯罪,多年以后还可能碰到新的事情引发他永不痊愈的心理创伤。不过她禁不起友人的连连嘲笑。

"他经历过什么,难道他打过宇宙战役?难道,你交往的人是一名宇宙老兵,看一眼剧场里的星星受到了刺激?"友人说。

"我不知道,"女朋友不确定地说,"也是有可能的吧。他那个样子你看了就会有自己的判断。"

这是哪里?他想了足够久才问出口:"这是哪里?"

他又问:"我在做什么?"

他得到一个嗡嗡声,过了一会儿,听出来是边上有人回答了他。按回答所说，这里是市民公园，眼前那片发光的平面是公园里的湖泊，水面闪烁的地方是夕阳正在下沉的倒影，他坐在一把椅子上，用面包喂鸟。他挨个往那些东西上看，大鸟嘎嘎叫着在头顶胡乱飞，没有错，都对上了号。

他又向身边看，他明白过来，是一个流浪汉回答了问题，自己几时与他为伍的呢？"谢谢。"他谢过他的信息。一阵黑风刮到手上，有只大鸟叼走了最后一点面包屑屑。"喔哦！"鸟振翅飞走后，他才不带感情地惊呼，后知后觉地垂下头，见到十指微卷掌心朝天，像两个空容器废弃在腿上，当他再抬头寻找鸟的踪迹时，那鸟早已与鸟群汇合，分辨不出来了。

"朋友你还好吧？"公园流浪汉问这位迟钝的新朋友。

流浪汉可能三十五岁，也可能五十岁。很瘦弱，不能算脏，叠穿好几件单薄的衣服御寒，半野外的生活晒黑了他，营养不良又造成苍白，黑与白最终调和出灰败的脸色。他才是需要关心的那一个，但是此刻关心着别人。

"我？"他说，他不知从何说起，"我刚才一直在这儿吗？"

"不，你在大树下走，在不同的大树下走。后来在桥上来来回回，不断往水中看。再后来走到了人家练习长跑的那圈小道上。再后来你到了儿童游乐区附近游荡，定定地看着几个孩子，警惕性高的父母都瞪着你，当然没有一直瞪着你，因为他们也瞪着我，所以我走上去把你带到这儿，给他们儿童乐园，给你一片面包。你都不记得了吗？"公园流浪汉指指自己的头，"朋友你这里是不是？……那你有没有监护人？"

"我没有监护人，我是完全民事行为能力人。"他缓慢地不卑不亢地说，"记起来了，你一说就全部记起来了。我没有傻，之前有一点儿失神。"

他还记起来，今天是一个工作日，他没有去上班，或许昨天也没，前天也没。是的，都没有。上午还很早的时候，手机在桌上振动，静止后，他拿起来看到公司来电。未接来电里有多次公司来电、客户来电、女朋友来电，女朋友的来电特别多。他很抱歉，对进行到一半的工作项目，对等待回复的客户，对曾给予自己永恒与甜蜜感受的女朋友，他都不感兴趣了。手机又开始振动，他把它收到抽屉里，而后走出房间，他对这个房间里的生活也失去了兴趣。

来到外面，他对眼前的街道也没兴趣，便一直往前走，筛选自己尚感兴趣的事物，但是没了，都没了。世界已经从那天起与自己切断了亲密的联系，他感觉一切都是疏离的，麻木不仁地路过很多地方，路过很多人，最后到了公园。

"天黑了啊。"公园流浪汉说着撩起最外面的衣服，往内层衣服的口袋中掏了掏，拿出一片白色的东西，"前面给你的面包你给了鸟，吃了这片就回家吧。让我打个电话给你的监护人。"

"我没有监护人可以打电话。"他阻止流浪汉再一次撩起衣服往里面摸索，"请不要找硬币了。"

光线变暗，湖水变成深色，鸟已经不在空中乱飞，回到树上的巢中仍在大声喧哗，公园里散步遛狗带孩子玩耍的人们统统消失了，除了是夜跑者的道路，这里只是流浪汉的家园。两人站起来，他满不在乎地一面吃发酸的面包片，一面跟随流浪汉走向营地。路之漫长险阻几乎到了需要跋涉的程度，直入公园最深处，再往一片树林里面走，到了树林底部，一些树木之间拉着绳子，衣服和杂物挂在上面，它们起到了东方餐厅门口挂帘的作用，连续拨开几层后，若干露营帐篷、纸板卧室出现在面前，和任何一片住宅区一样,这里经过初期规划和使用中的自然发展,看来非常和谐,与公园融为一体。

流浪汉指向其中一处,是一个用多种材料拼贴过的帐篷。"你现在认识我家了。"

他待了一会儿,转身离开营地,逆向穿过树林。林中偶尔传出神秘的响动。那不是夜间动物,他想,就是别的流浪汉正在摸黑回家。

没过两天,他又去了公园。进一步变长变乱的须发使他从外形上比较接近流浪汉了,他坐在小帐篷门外,就像坐在自己家门口般自然。他把一个袋子递进去,裹在睡袋里的流浪汉伸出手接了,刚刚拧亮的露营灯照着礼物,是一整袋切片面包。

"你只拿走了两片,用不着特地来还那么多。"流浪汉说。

"还有这个。"他又递进去一瓶巧克力酱,接着是一瓶小红莓果酱。

它们连同面包都被摆在睡袋旁边,流浪汉的手缩回睡袋里了,他躺着,露出一张睡眠被打断后疲倦的脸,头发散落在地。现在是早晨四点多，顶多五点钟，天还很黑。所以流浪汉问："你睡不着吗？"

"在家躺过一会儿，我现在对睡觉没兴趣了。"他说。

"那帮我关上门好吗？"流浪汉说。

他钻进帐篷里，拉好了门口牛津布上的拉链，随后蹲在地垫上抱住了自己的膝盖。地方那么小，他们近距离地看着对方。

"嗯？"流浪汉说。他们又无言地互看了一会儿。

两人喝上茶大概是在二十分钟以后。流浪汉被迫起来了，套上多层薄衣服，用一只汽油炉烧水，往杯子里扔进茶包，往面包上涂果酱，太早太早地吃着早饭。帐篷的门又打开了，他们的屁股挤坐在帐篷里，腿伸到寒冷的室外。他在流浪汉吃面包时，只喝了几口茶。别的帐篷里有人发出梦中呓语，有座纸板小屋有节奏地摇晃，因为蜷缩其中的人彻夜发抖。天还那么黑，星月的光辉从枝叶间朦胧洒落。

"这像野餐。"他说。

"这是啊。"流浪汉说。

"我本来会到得更早。"来野餐的客人诉说他今晚的经历,"我出门是想找人聊聊天,想到了你,猜想你和我一样醒着,假如你当时睡了,那么我猜想你将会醒过来。第一次,我走进树林中,离你不太远了,忽然回想起小时候:有一次我父母不知为什么决定全家去野餐,我们一向缺少像样的家庭活动,那时候可能是春天,可能是秋天,地方不记得了,可能是山坡或河边,具体做了什么也忘记了,我最小的妹妹那时一起去了吗,想不太起来。可是,回忆虽然模糊,但是留下了非常有意思的感觉——大家都在笑的,甜津津的,风吹啊吹,后背全部湿掉的,那样的感觉。我站住了,想象与你待会儿一起野餐的画面,因为什么都没带,我又原路走回去了,走到树林外面,走到公园外面,但店都没开门,最后才找到了一家 24 小时便利店。"

"你第一次来是几点钟?"

"两点多,大概三点钟?"

"你的一个想法让我多睡了一个钟头,谢谢你朋友!"流浪汉吃着面包说,"现在你找回小时候的感觉了吗?"

"不,我找不到了,我在任何地方,做任何事情,再也没有那种有意思的感觉了。"

流浪汉又一次仔细端详他的脸,见他比前两天明显地消瘦下去，神情平静淡漠。流浪汉问："你有医保吗？我觉得你最该和医生聊聊，去关心一下抑郁症。"

"呵，不是生病。"他毫无快乐地笑了，把不久前和女朋友约会，去科学馆看星空影片的事情大致讲了，讲到偶尔瞥见宇宙中的一幕，他说，"这就是我被改变的原因。"

"具体是什么呢？"

"我忽然洞悉了宇宙。"

这时，借助露营灯和微弱的自然光线，流浪汉在这个凌晨第四次仔细看他，他不像在说笑。

"人们会说，那是星星投影在你买票就能进去的剧场里，同样的内容一天放五场，是一个标准化的产品。确实是的。但是，宇宙就是用它为介质，在那时裂开一道缝隙，向我释放了信息，内容是宇宙的奥秘、真谛，或者说一种最深刻的道理。宇宙也可能一天五场、一年三百天向所有观众释放信息，只是恰好被我捕捉到了，我恰好把握了那样一个看见它的契机。离开剧场后，以宇宙为参照系，我看向身边任何熟悉的事物、人间的关系，都失去了感觉，一切变得没有意义了。我是这样被改变的。"

"所以你现在是一个……"

"一个知道宇宙奥义的人。"

他们都不响了。流浪汉用勺子掏掏果酱瓶子,放进嘴里抿,整理着思路。"朋友,"后来他问道,"宇宙到底对你说了什么?"

回答是半声哼笑。紧跟着,一只鸟开始清晨第一声鸣叫,一串鸟都从林间回应它,天在这瞬间放亮了,晨曦射入公园树林。在越来越亮的光线中,流浪汉头一次看到他的新朋友脸上流露出情绪,那是遗憾。

"我不能说出来。"他淡淡地说,转一转手里的破搪瓷杯。但是他并未泯灭人性,马上修正了前面的话,为的是宽解忽然垂下头研究瓶子标签的流浪汉,"不是对你保密,是因为我无法进行表达。因为,在地球上,宇宙的奥义是不可描述的,我们竟这样狭隘,没有对应的语言,比如说一个名词或一个动词去……"

"翻译?"

"对,翻译它。没有标准线,去判断它在以上还是以下。没有一种图形可以画出它的形状。既无法对它定性,也无法用一个办法测量它。它是宇宙级别的奥义,即便向我慷慨揭示,我也不能将它转化为别的什么。"

"你掌握了那样一种东西，对它什么也做不了。"

"是的。"

"现在装作不知道也不行了。"

"是的，不行了。"

两人说到这里，别的流浪汉陆续起床了，由于大家在夜间住得那么低，此时仿佛集体由地穴的各个出口爬出来，起先站立有困难，打着晃，之后在舒展肢体的怪动作中勉强站直。他们在营地走来走去，轮流张望一下两人在做什么，新出现的人令他们面露狐疑。

这天以后，他经常来市民公园。

一些时间，他单独一人，围绕湖水散步，挑一棵大树站在底下，死去一般卧在草地上，眼睛似乎看着跑步的人、来观景和拍照的人，其实并未真正看他们。

另一些时间，他来找朋友，他和那名流浪汉缔结了超越世俗的友谊。有一次流浪汉对他说："感觉都没意义了吗？我们流浪的人也常这么想。"他回答，"可能这正是我们能够交流的原因。"他们并肩或一前一后逛公园，各处都去过了，北至有人泛舟的环城河流，往南走到城际公路，在西面观赏四季花园，向东眺望高级住宅，他们做流浪汉要做的事，收集可用的食物、日用品，收集可以换成钱的垃圾。他时常买点吃的贴补流浪汉，数量不是很多，不至于伤害流浪汉的自尊心，也不叫他太特殊从而与其族群割裂。他很少在营地留宿，但渐渐地，在外表上完全成为营地一员。

有天临近夜晚，游客几乎散尽，在公用厕所外面，流浪汉们利用一根接出来的水管洗澡。这天是他们的清洁日，夏季每两天，天冷时每七天有一个这样的日子。寒风吹着裸露的肌肤，他们抖着手，往胸口擦肥皂，和上冷水，把脆弱的泡沫糊遍全身。轮到自己冲干净时，咬着槽牙，缩着脖子，先张开然后迅速夹紧胳肢窝。用受冻换取干净，他们中有些人想，很奇怪，自己明明一无所有，却还是可以从无中掏出一点东西交换别的，人生可真不能小看。

为了提振精神，有人往自己白色的臀部后面看，猥琐笑道，脏脏小尾巴没来洗。一个人问，在说谁？第三个人揭晓答案，一星期来三天的那个，兼职流浪汉！忽然他们开始你一言我一语地侮辱常见到的男青年。他不在清洁日现场，即使在，他们也满不在乎，他们搓着自己松软的皮肉，把他说成是废物中的废物，从光鲜社会和流浪汉世界里两头吸血的寄生虫，不如自己趾甲盖里的一簇黑泥，更不如自己皮肤上的一块癣。这天之前，他们没有表现出那样蓬勃的恶意。

"别这样，他来这里是有原因的。"他唯一的流浪汉朋友劝阻。

"谁当流浪汉还没个原因！"他们哄然大笑。

流浪汉看着同伴们，这些人久已占领市民公园，与公园管理员疏通好关系，建立营地，分配地盘，完善一种包括清洁日在内的生活方式。公园是这样的世界，一个小宇宙，由他们这些脏星和废物垃圾星组成，彼此靠万有引力支持，才能运行，才没更糟地坠毁。他们在乎的是什么，他自己很清楚，所以他并不大声，只对离得最近的说话也最损的同伴说："别紧张，他不会抢走你的资源，你的五个垃圾桶还是你的。"他扯下树上搭着的毛巾擦了擦，从满树烂衣中找到自己的，逐层穿好，衣服被风吹得像薄冰，他先离开了公用厕所。

公园里有很多厕所，这个厕所离营地最近，流浪汉走出不远，看到男青年毫不动摇地站在林边，不知已站了多久。他身穿一件较宽大的外套,头发和胡子看来自己用剪子剪过,很不整齐,但人比较清爽了,像自己这伙的,也像艺术家。洗澡的流浪汉们的声音,这里也能听见,叫嚷声,狂笑声。

"他们在胡扯,害怕你来分享公园的垃圾。另外,"流浪汉说,"假如没有共同讨厌的目标,人们就不能团结。"

"没有关系,我没有感觉。"他说。

今夜有新月,清澈的天空缀满繁星,他们走在树林边缘,树木刚刚遮掩住两人,再偏离几步就是林外的小路,两人像是走在树的海岸线。从他的穿着举止上,流浪汉知道他是来道别的。

"我发现自己仍有关心的事情,有欲望,"他缓步往前,在腹部前面,用一只手握紧另一只手,而后把两手交换过来,又握紧,仿佛在按捺住所关心的那件事情,"那件事情现在活过来了,在召唤我。朋友,我要跟它走了,去寻找它。"

流浪汉的心头仿如太阳照耀,已相当明白,为了把道别的步骤一步步完成,还是问:"你要找什么?要去哪里找呢?"

"宇宙奥义，我想去寻找表达它的方法。去哪里找？还不知道，先到处找找看吧。要是找到了……"他的话顿在这里，两人又踩着枯枝落叶依着树林的轮廓行走，彼此非常珍惜这最后几步路，过了一会儿，他向朋友亲切地说，"要是我能将宇宙奥义翻译出来，就来告诉你。"

过后，两人的身影呈两道弧线往不同方向分开，他走到星空下，流浪汉走进树林深处。

耳边是鸟叫吗？是的，但不全是。

有孩子的叫声、看护孩子的大人的呼唤声，是那些家庭在儿童游乐区玩耍。有渐响又渐弱的谈话声，是散步中的人们走过来又走过去了。有马蹄般的声响，伴随呼哧呼哧的喘息声，是终年勤奋的跑步者。大鸟确实在叫，粗嘎的嗓音流动在公园上空。春来之后，它们都更热闹了。此外，还有一种声音，它是清脆的，孤零零的，重复着。

流浪汉闲坐在一把椅子上听着这一切，脚边摊开一只半满的垃圾袋。他没有四处张望，只是节约体力地平视前方，思考着，那声音是什么？

清脆的声音停下了。

"你的电话！"一名游客站在公用电话亭旁边，手握话筒说道。

"嗯？"流浪汉距离电话亭仅是咫尺之遥，惊异地转过头来。

"我刚刚接起来，里面有个人找你。他说，请找一找附近的流浪汉。"游客说。

"谢谢，我是流浪汉。"流浪汉带着略减去几层的满身薄衣服站起来，接过话筒。

流浪汉想，原来刚才听到的是电话铃响，好久没有听过，以至于感到陌生了。不知是谁找自己。面朝电话机站立时，透明玻璃把人半包围起来，似乎走进了一个简陋的太空舱。"喂？"流浪汉把话筒紧贴耳上，向里面说。

电话里无人应答。他正想再"喂"一声。一种全然陌生的、极其新颖的声音从遥远的地方传到耳边，向他倾吐、形容，或是讲解着什么。

葬礼

他在傍晚回到家，一打开房门，再次听见那种声音。他循声望向脚边，声音是它发出来的，想到自己回来前，它也许孤独地折腾了很长时间，他有点歉疚。

两周前的某天，他参加了葬礼，在大脑中有关妈妈的回忆区里，新增加了几幅她用怪异的姿势僵直躺着、寥寥无几的亲友穿黑衣前来告别的画面。他以为那一区从此以后无法再放入新的内容，可以封存了，就像在他记事前死去的爸爸那一区。从葬礼上回来，他也像今天这样打开房门，人刚走进来，就听门铃响，他转身开门，收到了殡仪公司的快递。他没想到，他们焚烧了她，但把遗体上不便处理的部分拆下，火速递给他。他哗啦啦撕掉封箱带，往里看了一眼，急忙拨通殡仪公司电话，表示愿意支付合理费用，请求他们收回去处理。他们拒绝了。

"可这属于遗体啊。"他说。

"抱歉，我们觉得它纯粹是机械，我公司没有处理的资质。"殡仪公司又说，"以为你知道，一般都是寄回给亲人的。你可以留念，派一些用处，或是在网上找个对路的地方处理它，是有这种地方的。"

殡仪公司说得有一定道理。他也没有错。是双方看待问题的角度不同造成了分歧。他将纸盒开口处的四个页片，一对一对地，关了两次窗似的关上。暂时无法直视它。纸盒留在门口地上，旁边是分类垃圾桶、换下的鞋子、一些要扔未扔的杂物。

这以后，他每天听到盒子里有声音，有时候犹犹豫豫的，响几下停一停，有时候不知疲倦地轻轻发作。每次他都陪纸盒站一会儿，而后叼着牙刷、端着咖啡杯，或是把叉在腰上的双手垂到大腿边，他什么也不做，又走开了。虽然他不时反省，这样对它是不是太随便了。

今天他回到家后简单弄了晚饭，等他吃过饭，收拾了餐盘，窸窸窣窣的声响也没停下。就在那时他准备好了，他蹲下来，翻开纸盒的两对页片。

灯光照进去了，里面是妈妈的机械肢。

轻质合金制造的机械肢，灰黑色，是半条左臂，妈妈由年轻时使用它直至死亡，它横躺在大半盒起缓冲作用的白色泡沫颗粒上面，以冷峻幽光回应屋子里的灯光。机械肢长及肘部，从其截断面上露出一丛管子，有红黄蓝多色，粗细不均，本来它们都和人体相连，现在软趴趴地拖在外面。另一端的机械手掌上，有三根机械手指弯曲着朝向掌心，食指和中指伸出，随着两指指关节的运动，指尖在抠挠纸盒内壁。声音就是由此发出来的。收快递那天，他明明看到机械肢的手指头朝上，截断面朝下，像香槟桶里斜插的一瓶香槟，他能想象出，以后它每次动一点儿，终于从泡沫颗粒底下整个钻出来，在它头顶，日光或者灯光仅从一道缝隙中照射进来，它在近乎漆黑的情况下抠纸盒。纸盒已被它成功抠破好几个洞，少量泡沫颗粒从洞中漏出来，撒落在地板上。

仿佛察觉上方有颗人类的头颅在观察自己，食指和中指顿住了，几秒钟后又开始行动。

"晚上好，妈妈。"他说，"你想出来吗？"

说着，他握住机械肢靠近截断面的部位，将它掏出来。

他带它来到客厅，环顾一圈，最后把它安置在一张单人沙发椅上，在此过程中，他的掌心感受到不规律的颤动，它一边轻轻发抖，一边仍将两根指头伸着，抠挖空气。它并不具有生命，是残留其中的能量不受控制地释放，驱动它无意识地做出一些动作。

机械肢在沙发椅上一待就是几天。他往它手掌中塞入一颗网球，再用自己的手由它手背往下抚，团一团它的五根手指，当他拿开自己的手，机械五指全部顺从他的意思，弯曲着，握住了球。这样可以避免它弄坏沙发椅。他又捋了一遍管子，使它们不要打结。

妈妈长年住在养老机构，他每次去探望，两人拿出首次在这间会客室见面的流程，再应付一遍：大幅的玻璃移门自动打开，她走出来，两人面对面坐着，她把那只手留在桌子下面，内容稀疏的谈话，不久就无话可说，她消失在门后。他间隔越来越长时间，才愿意去一次。今晚他想，这是她第一次来自己家，他从没有发出过邀请，而她也从没有提出做客要求，死后的她大部分变成灰，残余部分终于坐进他的椅子中。假使自己现在直奔宇宙另一头，推开某间酒吧的门，盲点一杯酒单上新出的鸡尾酒喝下去，他觉得，尝到的滋味也不会比这样更怪了。

妈妈和同类人被称为鳌肢世代，花名甲壳族。

他们是战后第一代青年，人们刚摆脱一场规模大、影响深的战争，眼见毁坏的一切被飞速修复，楼宇重新站立起来，货架又摆满了，社会总比前一天更为流畅地运转。尽管如此，青年们的思想上落下了阴影——他们忧惧未来，担心假如以一模一样的形象走进未来，就会导致一模一样的结果，坏事会重演。总得改变点什么。青年们选择由自己的身体做出改变。那恰好是机械革命的巅峰期，经过战时的停滞，发明创造与运用它们的胆量同时间奋蹄疾驰，等其他人回过神来，首批机械崇拜的青年已对自己做了局部改装，他们利用的是本来针对战争伤员的修复再造手术，把自己健康的手指、手臂、脚、膝盖、下颚或半片颅骨切除，替换成机械制品。这些人体机械配件并没有被赋予超常功能，更多的是作为一种象征符号，就像以前的人喜欢文身和在身体上穿孔戴环那样，它们所表达的是人与科技的吻合。政府立法禁止人体改装，不过总有地下市场和黑医生，最终数量可观的青年破坏了原装身体，加入鳌肢世代，倒霉蛋则来不及加入，在手术中丢了命。

螯肢世代曾经烂漫设想，未来会以自己为基础向前进，人类可以更好地利用机甲，拥有战天斗地的力量。他们的预测失误了。时代常常是一浪进跟着一浪退，相互修正，统筹出不令任何人满意的样子来。他们之后的一代人是保守主义者，远离他们，向后大撤三步，退回战前的审美和生活方式中去了，螯肢世代牺牲自我进行的科学探索被看成不该追随的歧路。又过了一些年，机械器官完全退出潮流，安装它们的人也老了。

他亲眼看到养老机构里的老人自动分成两伙，纯种老人是团结的一伙，妈妈这种人是溃散的另一伙，他们要么孤僻狂傲，要么相反，惯于看人眼色，畏首畏尾地使用公共设施。他们无法卸掉机械部位，那样就又老又残了，只得永远戴着。每当机械部位暴露出来，时至今日依然崭新的成色、超前的设计、精湛的工艺，以及从合金表面流淌而过的旧日理想的道道光芒，总是引人瞩目。可这些与佝偻的、不灵活的、起皱的老身体不配了，像老虾或老蟹，举着一只新钳子。

一天，当妈妈消失在门后时，他出于莫名的原因多停留了几分钟,在玻璃门另一边,老人公用的休息大厅里,有件事正在发生:几个人把一个人堵到角落,摘下这人的帽子来回传递,这人露出光秃的头顶,拖着一只机械脚,在几人之间折返讨帽子,攻防双方都在做不堪一击的颤巍巍的慢动作。惨的确是惨,但是有非常明显的喜剧效果,所以他甚至笑了一下,他想到校园里的少年霸凌事件,只是好像一个时间魔法忽然叫他们往后飞驰了六十年。

他果真上网查了哪里能够处理机械肢。

周末,他开车载着妈妈的局部出门。

他用一个帆布袋装它,袋子一面烫印了一句话,呼吁人们关心热带雨林中的某种小动物,另一面是七种你即便现在想关心也为时已晚的动物形象,因为它们已从地球上消失了。车开不久,帆布袋起伏波动,随之袋口张开,手冒出来了,它仍然握着球。他伸手到副驾驶座上整理,但行驶到下一个路口,拿球的手再次冒了出来。这次他心说随它便,没再干涉。他当时将它看成一名单程旅客。

那地方叫"原力之家"。

他开到城市的边角,停好车,站在路上呼吸了一口经济萧条地区的空气,它是由生锈的铁丝网、烂木头、劣质油漆、闲置房屋、非主流人士的身体与思想这类东西散发出的味道调和而成的。他顺着几枚漆在墙上的红色指路箭头走，找到了原力之家。他知道"原力"的出处，是某个古老的系列电影里的概念，大致是指一种超级力量，既有光明的一面，也有黑暗的一面，控制它们的人屠戮银河系以及反抗这种屠戮，记得台词这样说：愿原力与你同在。因此有几个备选的地方，他选中这一家。

一个院落向他敞开，里面泥土裸着，风吹灰飞，几条看不见的狗在吠叫，到处堆着废五金，有个穿蓝衣服的壮硕工人在劳动，把小推车里的破烂倾倒在地，见到他，戴手套的手向他指指另一边的简易房屋，他们的办公室。这地方像汽修厂，他边走过去边想，不该叫这个，应该叫拾荒者之家、城郊汽配之家，或者是廉租者做小买卖事业部。

办公室里只有他一个访客。接待他的是一位女士，始终坐着，看她的宽肩膀、大手掌、长臂，是位高大的女士，她的身体被收紧在廉价面料的套装里，脸和十指尽善尽美地涂抹过，在陋室里显得隆重、权威。她让他干等几分钟，他旁观她做着手边事，每个动作都混合了认真和漫不经心，每个动作上都有一层戏剧感。忽然之间，他意识到，眼前办事员的生理性别与自己是一样的。

办事员示意他坐到桌子对面来,目光投向他的关于八个热带雨林小动物的帆布袋,于是他把袋子挪到膝盖上,拿出机械肢,放在两人之间。办事员的眼睛来回横扫桌上的机械肢,而他看着办事员,心里在为其勾选性别,不是从其本身如何以及其意愿出发做考虑,而是为他自己如何界定这个人来勾选一下。人对其他事物下定义常常就是为了他自己。

他看见她观察机械肢时一对假睫毛上下翻动,这扇起他内心深处从未有过的异样感觉。"女式左前机械肢,"她描述眼前的东西,"带一颗球。"声音是中等偏厚,里面混杂好多好多颗粒,不太快地流动,摩擦他的耳道。

"是的。"他有点尴尬。

"是谁的?"她问。

"我妈妈。"他说。

"号码呢?"她又问。

他回答不出,首先就不理解问题,为了思考,他的眼神第一次从她身上飘开了:房间靠墙摆着数个旧文件柜,式样大小混乱不堪,他不由得猜想,他们每当需要添置一

葬礼

个柜子,就开车出去转转,在路边捡到什么是什么;地上散放着纸盒、编织袋;一张大的工作台占据了办公室主要空间,桌边固定台虎钳,台面上扔着马刀锯、剥线钳、扳手、起子等工具,台面上的金属碎料没有清干净,台子的一角盖着一块粗布,遮住了底下的东西,台子周围的地上丢着一些工具箱。他看了一遭,同时不断在头脑中搜索,是不是自己知道一点与问题相关的信息。

办事员没有等他很久,伸手拨弄机械肢,把它翻了个个,妈妈的手臂顿时仰躺在他们面前,那些管子凌乱地散开。她一下子找到了。"这里。"她请他注意手臂内侧,他起先以为是反光旁边的一条阴影,接着才发现是刻上去的一长串很小的字,凑近辨认,那行字杂七杂八,包括了数字、字母、运算符号,以及大约是某种外国文字吧。

办事员睐着他,往本子上誊写,每看一次手臂,低头写三个左右的字,直至全部写完,又核对两遍。这个本子好像就是机械制品号码登记本,他看到光是这页上已经手写了好几个号码,但是,他找不出一致性,有一个很长,有一个特别短,有的一行中数字占比高,另一个则完全是点线飞舞的怪字。

"我不知道有这个,这是什么号码呢?"他低声下气地请教,"是不是产品编号?"

"产品编号是生产商的号码。"

"是的。这个不是?"

"这是你妈妈给她的手起的,相当于手的名字。他们每个人都起了一个,刻在新的身体上面。这种做法风行一时。"

他迷惑不解地再次靠近机械肢,它竟是一个有名字的家伙。"那么,它是什么意思?"他问。

"什么意思都有可能。他们经常用到幸运数字、重要的日期、家人名字的缩写,或者是喜欢的食物、最爱旅游地的缩写,或者是某种秘密编码,里面藏了名言警句、宣言这种东西。不止一种,他们喜欢把各种串起来。有的人和家人关系好,生前会把意思解释给他们听。有的人就算没说过,家人看看也能猜出一点来。"

"啊,明白了……"他想说点什么掩饰难堪,办事员根本不理会,从桌子那面他看不见的抽屉里摸出几页纸递给他。

是知情同意书。

第一部分是要填写的必要信息，第二部分是销毁机械肢的费用、公司和顾客双方的权利与义务，第三部分是适用法律、争议与仲裁问题的表述，第四部分是其他，最后是签名栏。他很善于读文书，先把全部纸页快速一翻，心里搭好框架，再回到第一页细读，这时却听见办事员建议自己把同意书带回去慢慢看，因为即使签好今天也不能受理。

"为什么？我以为你们在网页上写着速度快、服务好。现在有什么问题吗？"他结结巴巴地说。今天带着机械肢出门时，他已在心里同它说完再见，做好准备把它留在这儿了。

"问题嘛……"办事员冷淡地笑了一笑，右脸不太笑，是一个式样不对称的笑。同时也是当一个人用最基本的事实去点破对方的无知时的那种笑。"考虑到道德伦理，"她说，"它还在动。"

他的确看到了，仰躺在他们之间的机械肢几次三番地晃动，好像一个虚弱的人妄图爬起来证明自己还行。但在她说出来之前，他没有想过这有什么关系。

他背着小动物帆布袋离开办公室，感到气馁，办事员和妈妈的残肢好像同时无法证明地轻轻地伤害了他。他站在原力之家的院落里，刚才的工人消失不见了，只见一条脏狗从面前小跑而过，急于去干正经事一般，狗嘴里叼着东西，他的印象是有只脚从它嘴里伸出来。狗迅速钻到一堆钢板后面，他没有机会将那东西看得更清楚。

现在要做的就是等。

白天他在金融机构工作，办事大厅一分为二，他和同事坐在一张长长的接待桌后面，彼此间以挡板隔开，接待各自面前的客户。他们身后是共享的办公空间。他觉得很像九头鸟，大家是同一个身体，用九颗头朝着那些客户。在前一个客户离开和下一个客户坐上来之间的那个间隙，或是在客户低头往协议上签字的那会儿，他多次想到女办事员，他想到她坐在一片废墟中，处理旧世界遗留物品的那副样子，她是一个表里不一的人，里面他不了解，而她的外表是那样鲜艳和夸大，另外，她知道很多冷门信息，并手抄了一本无人可以完全解读的花名册。她对自己有某种吸引力。他反观自己，是九头鸟的一颗头，假如某天他请假，脖子上就会生出另一颗头，别人甚至看不出两者的

葬礼

差别。有时，坐在对面办业务的客户的脸虚焦了，他调远目光，把办事大厅里排号的人扫视一遍，好像希望能够不经意地发现她坐在那儿，也许她也想找人帮她理理财。

下班回到家，又会见到妈妈的机械肢躺在沙发椅上。不一样了，人面对一个这样的东西比面对无名的事物，心情要复杂点。以前有个青年经过思考，为它起了世上独一无二的名字，并刻写下来，也许其中浓缩了她当时的理想、热望，她希望社会如何、全人类如何，她自己变成怎样，她的下一代变成怎样。他想，机械肢的名字大概率高贵过他自己的名字。

但他当然在等它能量耗尽。每天刚一回到家，他就会去察看它的情况。有几个办法：一是目测；二是间接观测，具体是将一张纸放在它身上，纸张可以放大微弱的颤动；三是力量测试，他会试一试用多少力气可以把网球从它手里拿走。还有早上起床，还有半夜偶尔醒过来，还有去过洗手间之后，还有任何时候，他都会去试试看。

能量消失得奇慢无比。还不符合毁灭机械器官的伦理道德。尽管放在沙发椅上就是单单放着，并不打扰他，但究竟要等到什么时候才能将此事终结呢？想到这里，原力之家有时浮现在他眼前。

他仿佛看到在没有顾客上门的日子,蓝衣工人走进办公室的画面。他会潇洒地揭开覆盖住工作台一角的布,于是底下几只待处理的机械器官闪着冷光现出原形,是早于他签好知情同意书的顾客送上门的,是他们亲人的局部,有手,有脚,有身体其他部分。办事员也从座位上站了起来,她几乎和搭档一般高大,但行动更灵巧。他们最后确认一次台上的器官绝无生还的可能性,便动手把合金与管子分开,再切割成碎片。主要是工人做事,办事员打下手,递递东西什么的,有时候精细操作换她上阵,必须使用暴力拆解时,则由他们四手联合,零碎部件便随着他们的动作迸射到空中,撞击在墙上,而后掉落地面。应该还会放点背景音乐,把收音机调到音乐频道,两人在这种状态下一边实施肢解,一边轻松谈笑着。两人是什么关系呢?他想,应该是多年的合作伙伴关系,或许他们之间的关系比那更亲密、更多元,他们经历过各种各样的感情阶段,但是最近又返璞归真了,现在主要是合作伙伴关系。接着,他们把碎片归置起来,装盒或装袋,等对接的废金属物料处理公司来取,清运的频率也许是每周一次,也许是每月两次，车来了，碎片扔进车厢，他们的工作到此便完成了。

一次，他进一步想下去。狗在院子里经常能捡到大一点的碎片，有时趁人不备溜进办公室，叼走未处理或处理至一半的机械器官，几条狗竞赛般地偷盗，把东西藏在院子各个角落，如果能找到那些地方，就会发现原力之家遍布小型的机械器官冢，有许多乱葬岗。

他已经想象得很多，一次比一次更具体了，妈妈的机械肢却还一天天顽强支撑。最后他松懈下来，降低了察看机械肢活力的频率。它却突然衰竭了。

那天他走进家门，一脚踢到一样东西，那东西立刻朝前滚开，消失在家具底下。他不必看清，也知道那是颗网球。走到客厅一看，三种测试方法都没必要再用了，事情已经那样。

机械肢移动了位置，管子好似一个人披头散发，手掌垂落到沙发椅外面，五指松弛，朝向地面。坐垫被撕开了几道口子，里面的纤维膨出。最后一刻的情形必定是这样的，它乏力地松开手，网球就此滚走了，之后它盲目地屈伸手指，奋力寻找那颗球，直至力竭扑倒。他想，它最后一刻就和妈妈那一代人力图紧握理想、失去后茫然至死的样子差不多吧。

"没问题了吧?"他等了一会儿才问。

机械肢和同意书摆在桌上。

办事员翻开花名册,核对号码。他看到本子的这页上添加了两个新的号码,就写在妈妈手的号码的下面两行。他转头望向工作台,那块布继续秘密地遮盖着,底下的东西高高低低。

人们都在悄悄处理这类事啊,他在等待中想。生活中已经很少听到有人谈他们了,就是妈妈这条机械肢的事情,他也并没有和九头鸟小组的任何同事提起过,人们不提,一代异类便消失了,把历史的两个断头系起来,就当有些事从未发生过。

"差不多,可以了。"办事员说。

她的左右手叠起来,压住重新合上的本子,指甲的形状是一个个漂亮的长方形,涂成红色。他从夹克内袋摸出预先装好钱的信封,轻轻推到同意书的旁边。

"很快会处理好的,"她程式化地说,"那么就这样。"

他拿着空的帆布袋站起来道了声谢。桌上的机械肢僵硬地仰着，一时，心里涌现强烈的冲动，他想把它翻回来，摆成在家里的样子，但是忍住了，它的生命尽失，没有任何意义了。

今天没有看到狗，也没有听见狗吠叫。他站在原力之家的院子里张望时，上次见过的工人不知从哪堆破烂后面转出来，走向他，身上还是穿着蓝色工作服，上面污迹斑斑。

"你送过来的是？"工人问他。

"女式左前机械肢。"他说。

工人点点头。"别太难过。"

"不，还好。"他说的是实话。

"没必要难过。"工人又说。

"是吧。"他说。

"他们有三次——死去三次，或者说三个葬礼。"工人说，"第一次是被放弃的身体部分，第二次是他们剩下的身体，第三次是左前机械肢或别的，所以我觉得还不错。"

他不禁又看了看工人，这个他并不了解的机甲屠夫，心里略微升起了好感。

"你见过我搭档了，她这种人一生会死两次。一次作为男人，第二次作为女人。这就是大家的不同，简单的人只能死一次，就像我们。"工人说。

"是的，我们死得太少了。"他说，"很高兴认识你。"

工人用手套拍打工作服，在浮起的灰尘中走进办公室。此后是寂静。他没有听见办公室里面传出任何声音，两人总该交谈几句吧，布被掀开，搬动机械肢，或许拿起工具比画和切割，收音机播放音乐，但是，什么声音都没有。

他在院子里再站了几分钟，像在完成某个无人规定要如何进行的仪式。

烟花的孩子

少年们发现了不明物体，数量很多，在场每人分到了一两个。很多年后，他们中大多数人早把旧东西扔光了，少数人虽然留着但将其遗忘了，清楚地知道自己还保存着不明物体的，有寥寥几个人。

那是一个夏末清晨，少年们在一条大河的右岸忙碌。前一晚，本地举办了烟花大会，它是年度最受欢迎的活动，几万名观看者从各地赶来，燃放烟花的场地设在相隔500米远的大河的左岸，从晚上七点钟到九点钟，一共向天空发射了两万枚烟花。和往年一样，这一年的烟花大会也大获成功，那些漫天的色彩、和烟花内容相结合的燃情音乐、爱情与友谊的气息，以后长久地刻写在亲历者的心头。活动结束后，隔水赏烟花的人们从观众席撤离，遵照主办方指引，先离开岸边，再由各条支路汇总到大马路，最后一起流向轨交枢纽站。没料到，观众席上留下了大量垃圾。类似不文明的事，此前此后都没有发生过，只能设想，因为放最后两枚烟花时下起了大雨吧，人们急着回家。直到少年们来收垃圾的次日清晨，雨还没停，但转小了。

少年们穿一次性的彩色雨衣，薄薄的材料象征性地裹住身体，凉风从河上吹来，吹过杂草，吹过满地垃圾，拨开雨衣，细雨钻进去，弄湿了头发和衣服。他们拉扯一些和雨衣十分相似的垃圾袋，顺河岸走动，边嬉笑，边把地上的塑料垫子、啤酒瓶、食物包装盒捡起来——昨晚的观众正是铺开塑料垫子坐在这儿，吃东西喝饮料看烟花，最后一走了之的。这些少年相互认识，他们同属一个环保组织，是世上罕见的无忧无虑的环保者，毫不为眼前景象生气，因为他们搞社团，出发点不是爱地球帮地球，是为了自己交朋友寻快乐的，顺手再照料一下地球。

他们正以轻快的心情捡垃圾，要好的人凑得近，活跃分子跑前跑后串联起大家。从附近的大桥和两岸高楼上，人们看到，移动的彩色雨衣开出一场白日烟花。后来，桥上和楼上的人们听到了一次呼喊，远望过去，雨衣烟花从刚才散漫的状态逐渐聚拢成一个斑斓的圆。

少年们头碰头，研究一个东西，一只湿手先拿着它，接着把它传给旁边的湿手，传了一圈又回到了第一只手里。帽檐上的雨水滴落到它上面，又顺光滑的曲面流掉了。

你觉得这是什么？一个人问。

这东西是从松软的砂土中找到的，它一半埋在地下一半露出头，颜色介于白色到银色之间，光泽介于硬塑料到金属之间，温度不太冷不太热，敲敲它，回声像木头陶瓷混凝土的混合体，摇一摇，像没完全煮熟的蛋。它呈卵形，它真的比较像一颗小蛋。

少年们分散开来，继续在河岸边搜索，一下子找出了很多颗蛋形东西。他们此后在课余经常讨论它，讨论是秘密进行的：它是什么，它从哪里来，出现的目的是什么？社团活动一时搞得很密集。

少年们归纳出了三种主要的猜想。

第一种，它是陌生的地球生物。是像穿山甲、西瓜虫那样的东西，遇到危险会缩成一团，现在它团起来了，有一天会重新展开身体，让你见识见识。或者它不是成年生物，是生物的卵，好好养着，将孵化出一个小东西，飞禽小宝宝,也可能是大白蚁的小宝宝。但是随着时间过去,每颗小蛋都没动静,这一猜想自动倒塌了。

第二种,它是外星生物。为什么是蛋形呢?因为这种星际生命体是脆弱的,谁知道呢,也许它的本质是黏液形态,软乎乎的没有支撑力,平时要用一个壳装起来,那是一层可开可关的外骨骼。它没想到,地球和母星的重力不同,把壳打开,自己就会流淌成一摊非常稀薄的浆汁。所以这是一种粗枝大叶和自相矛盾的外星生物,可以登陆地球,可永不能在地球上露面。

第三种,它不是外星生物本身,是外星生物乘坐的航天器。一群个子小小的外星生物到达地球后,把体积小小的蛋形航天器留在河岸上,一半埋起来,自以为安全了,随后外星生物分头去各地旅游和考察。现在小蛋里面是空的,可惜人类没办法打开来瞧,只有外星生物可以使用特殊技术开启舱门,有朝一日它们会回来寻找航天器,飞回遥远群星。

男孩们普遍喜欢第三种猜想:烟花之夜的河岸,迷你的外星生物降临了,留下一堆空的飞船——由于是空的,便于他们以后再填入新的猜想。第二种猜想也和外星文明有关。少年们不自觉地把那天的发现与世上最神秘的事物联系起来。

自从不明物体出现，很快二十年过去了。

他是记得这事的人之一。为求学、工作和一句话说不清的其他原因，他已经搬离家乡，搬家一次又一次，在地图上走出一根犹如手抖老人画的线，但他到处带着小蛋航天器，等有比较固定的住所了，就把分到手的小蛋，共两颗，摆在书架上，一颗摆在成系列的漫画书的书脊外侧，另一颗摆在极少翻阅的工具书的外侧。它们对他有多重含义：家乡的纪念，友谊的信物，少年式的漫游、奇遇和梦想。倒不是说，他还真的相信曾经的猜想。

他一直在某行业工作，有一天，他参加了行业协会组织的秋游活动。

当天早晨，他和同行分坐几辆大巴士出发，他先上车，看到一个个人走上来，都没有引起他的兴趣，他对坐在身边的那个人尤其不喜欢。那个人装腔作势，显得很爱事业一样，尽扯些崇高的大话，还问他有没有读过最新的某篇论文，自己听来的行业领袖的某句俏皮话他知道不知道。

一边说，那人的大腿一边像其虚荣心一样张开过大的角度，并且越开越大，贴着他，车一发动，肉肉相抵，他无可奈何地退让了两三次，最终两人两副大腿张开的角度一大一小，呈现极不和谐的画面。他心想，肥腿佬，你干吗来参加这种破落活动！

所去秋游的是一个不发达的地方，那里景点不怎么样，有些还无故关门。他趁第二次集合，偷偷换了一辆大巴士。这辆车上的气氛略好，人们挺随和地放低期待，尽量享受免费活动带来的舒畅感。车开了一程，再停下来就到了午饭时间，吃饭时他努力躲避先前那位同行。午饭后，协会把所有人放进一个有纪念业内名人意义的公园里自由活动，园内有一座小山坡，名人纪念馆就设在山顶，但当他们走到半山坡的一个平台时，忽然听走下来的游客说纪念馆要收费，一些人顿时失去了向上的动力，停下思索该怎么办。

一个女人表情和蔼地走过来，和他同坐到一把长椅上。他是首批放弃上山参观名人纪念馆的人之一，过去几分钟靠在长椅上什么也没干，光在欣赏那群同行，他们站在前方忸怩地讨论是上山还是下山好：来也来了，可再花钱也不愿意了，可来也来了。坐下的是一名胖妇女，身上别着早晨出发时大家得到的活动徽章，说明和他是一伙的，他之前倒没注意过她。

她和他一起向着同行们看，好像他们是由于地质变化浮现的一个令人迷惑的景点。

"你为什么来这儿？"妇女自来熟地问他。

"是啊，不知道。"他感叹道，"我早晨出门，突然很奇怪地就在这儿了。"

妇女说："我也是。这里不好玩，以后再也不报名参加这种活动了。"但是话中的感情色彩根本不灰暗，挺高兴的。她顿了一顿，又用总是高兴的语气说，"生孩子后，我胖了很多吧？"

他迷惑了，这是什么意思呢，所以你要来爬山？还是，所以容易累，要坐下休息？狐疑中转过头研究性地看她一眼，她也别过头来，趁此机会笑着叫出了他的名字，也报上她自己的名字。原来是小时候的同学，也是少年环保组织的成员。这不怪他，很难从她现在的样子看出嵌套在其中的小姑娘时的模样了。

人的过去不应当是空白的，他把回忆中好几个少女的形象组合起来，当成过去的她。有一个很瘦的、说话爱讽刺人的，有一个听见笑话反应很剧烈的，有一个在男孩之间闹出过风波的，不管了，都是她。在他回忆的同时，他们交换了近况：她是这行业某公司的质检员，他是另一个公司的数据分析员，她有一个小女孩，他单身，她现在也单身。到此时，不管是真是假的过去也拼贴好了，她一蹴而就有了连贯的形象，和她既可以谈过去也可以谈现在，是乏味旅行中不可多得的好伙伴。

他们想到应该关心一下同行，发现刚才争论的人们转眼间全不见了，可能上山也可能下山去了。只有一个人从附近的林中偷偷摸摸地向这里走近，定睛一看，是肥腿佬，似要来和他们会合，结成旅行的小团体。他赶快对她说："我们走吧。"

他们随便拣了一条山路，是通往山顶的，那就往山顶去。他快速地知道了她的事、她家里的事，她具有一种简略而丰满的表达能力，通过几句话就描画出一些人生片段，一时来不及布置好细节，但大概样子很清楚，事后回想起来，就好像她当时打开手机相册，给他看四个一行的照片缩略图，接连看了许多行。其中有一幅画面是到异地去读书的她离开家乡，一幅画面是她初入职场笨拙而勤奋地工作，另一幅画面是她在愉快的情景下认识了前夫，还有一幅画面是生下了小宝宝，那时接近她现在胖胖的样子了。爬了几百级台阶，还没到山顶，他已经对她十分熟悉。等到了山顶，他们确实不愿意参观名人纪念馆，但是走进了纪念馆外面的商店，他看见她翻弄一个女孩爱的小装饰品，很自然地为她买下来，因为透过先前那些缩略图，连她女儿的样子他也似乎反复看过，甚至错觉是看着她女儿长大的，这感觉在他寡淡的人生中从没有过，他愿意给小姑娘买个礼物。

后来谈到她女儿，但是起先是在聊他们的旧社团。山顶有些人坐着喝啤酒、吃小零食，还能往四面看风景，真有秋游的感觉了。

"那时候我们捡过多少易拉罐、塑料瓶，你记得吗？"她说，"怎么回事，好像捡来捡去世界上的垃圾也没变少嘛。"

"不记得，我没认真捡。"他说，"装装样子，装出关爱地球的样子，就等于做好事了。那么你女儿呢，现在的小孩不会再喜欢我们的组织了，并不是说我们的不好，而是人们不会老是喜欢同样的东西，现在他们玩什么？"

她回答他几个古怪的词，阿什么，欧什么，噜哩噜哩什么。

"等一等，听不懂。"他说。不过心里知道是怎么回事，是一些字的首字母重新组合出来的新词，世上本来不存在那些词，现在用来代表小孩们投身的团队，把他们凝聚起来的可能是某个明星，或某种浪漫的思想。另外，既然是新词，也说明他们从意识深处期待早点推翻旧秩序、建设新世界。一代一代人嘛，就是这么回事。

她解释的和他想的差不多。"听起来像外星语吧？"

"像的。"他说。

"你还留着那个吗，外星人的东西？"她问。

"对，在家里。"他说。

他们像守护秘密的少年那样羞涩地笑了。

"不过，我们觉得它不是宇宙飞船，是另外的东西。"她说时玩了玩礼品袋子，袋子放在圆乎乎的膝盖上，她抚弄着缎带拎手。多年后，他准备听听看三种以外的某种非主流的见解。"女孩们认为它和烟花的关系更大，是来自烟花的什么东西。主要原因是，相比太空、外星人，特别是黏液状的外星人，我们更喜欢烟花，烟花大会是每年最期待的活动,我猜男孩们也是吧,但是你们表面装得无所谓,为了避免显得女孩子气。那年放完烟花的第二天,我们收拾河岸发现了那个东西,就决定把它和烟花联系起来。"

"那到底是什么东西呢?"他没听出来答案。

"小时候还没想出来。就像收拾房间,先把东西归归类,我们先把它归到烟花这边去。然后——"她大幅度地跳跃着说,"过了十年,我女儿出生了。又过了两年,前夫不见了。又过了一两年,女儿懂事了。"

嚯,好快。他想。

"时间过得很快。我们家的女儿开始苦恼一个问题,她想知道爸爸那部分的事情。但是要和她解释那些,由于我家某些具体原因,有点难。有一天,她在玩玩具,她有很多玩具,装在各种收纳箱里,我得到的那颗蛋也在里面,不知什么时候起给她玩了,她对它还不错,不属于最爱的,但经常拿出来玩,做给它盖被子哄睡觉的游戏。它很特别,连小孩也看得出来。我就想骗骗她好了,不如就这么说——于是我对她说,其实你是妈妈和烟花生的小孩,那颗是'烟花之卵',你是从它里面孵出来的。我用一瞬间就编好了谎言,说给我女儿听。"

"她爸爸像烟花……"他纳闷地说。

"有点像吧，无影无踪了。而且也符合事实，真的是在看过那场烟花之后，得到了那颗蛋，接着有了我家女儿。"她坦然地说。

他想女性的心也像奇怪的景点啊，得讲解呀，不然懂不了。不过他对教育没什么看法，不能说她这样就是不好，而她告诉他，幼小的女儿喜欢这个身世故事，开开心心地接受了。编造身世的第二年，她带女儿回家乡参加烟花大会。

"你回去看过吗？"到这里，她问。

"看过好几次了。一开始是大学同学，后来是同事，也有女性朋友，听说你是那个地方来的，人人都希望你能组织一趟看烟花的旅游，因为烟花，可以说是我们家乡的土特产吧，是朋友的话，得带过来看看。"他说。

可一起看过烟花的许多人，最终还是失去了联系，或感情变淡了，他想，这没有什么意思，土特产不是治感情的万能药。他带过一任恋人回去看烟花大会。那天一清早，两人在火车上就稍微争吵起来，战端是平凡小事，讨论谁应该去解决某个问题，之后扩大化了，波及别的不相干的

烟花的孩子

事情。火车快要进站时,家乡数十年如一日的面貌扑入眼中,它十分清澈和朴素,暂时平息了两人的争吵,在女友是准备好快乐起来,在他却已经略感乏味,他知道自己的问题,他这个人热情太少了。两人和大量游客顺着主干道走,再走到支路,路很长,两人尽量友好相处,但到大河边一看,这一年游客意外地多,还不到中午,用来占位置的塑料垫子将河滩完全铺满了,他们带来的那张小垫子哪里都插不进去,从包里拿出来又收起来,可再放包里也没用了,最后又拿出来丢掉。他说,没关系,不只是河边,全城都看得到。但女友不满意,说气氛不同,怪他作为乡民没尽力。说到底是他们对生活的期待不同。又忍不住稍微吵起来,吵架中吃了饭,浏览了一些地方。假如那天他能说些什么就好了,只要一点有意思的话题,就能扭转气氛,使今天回想起来,那日更美好。到了傍晚时分,他们已经离开河岸颇远,仿佛在散步,又仿佛在往火车站方向逃离。忽然,身后传来砰的巨响,好像有手枪从他背后枪决了他,也枪决了女友,也一并枪决了路上其他散漫的人,那是正式表演前试放的一枚烟花。转过身来,虚幻之花开放了,它跃到高空俯瞰他们,那么大的东西为什么要看着那么渺小的他呢，它从空中看见了他什么呢，使人有点感动，但也非常费解。烟花开到最大程度时萎靡了。他们僵立原地，继续仰头看暗青色的天空，只听主持人宣布烟花大会正式开始，她带领全场倒数，河岸方向升腾起密密麻麻的人声，背景音乐随之播放，接着一大片又一大片的烟花横空出世，天空落满碎钻，人们只能看到，却不能得到，不断地说："哇！啊！厉害！"他听见女友也在耳边激动地说了，那一刻他们靠近彼此，不过撑不到第二年的同一时间便分手了。

烟花真美啊，美得让人受不了，连他也必须承认。

他开小差的几分钟里，错过了她抒发的类似感想。"……和人不一样，烟花每看一次还是美，而且我家女儿……小孩的反应很好笑。"

"为什么，她不知道烟花的样子？"他回来了。

"小孩不能全面地了解事情，比方说，她不知道烟花会那么大，或者不知道烟花会用一种陌生的方式在天上动，也没准备好烟花会发出'咻'和'啪'两种声音，代表'升上去了'和'开了'——绘本上没讲那么具体。于是她来到现场亲自看了第一眼，本来还在垫子上翻滚，突然四肢和身体翻到哪里就停在哪里，因为她被震慑了，躺在地上像傻瓜。当然她很快懂了，把所有感受组合起来，那就是烟花。她坐起来了，在周围跑跑跳跳了，到不认识的大人身边蹲着，吃人家给的零食。她开始和我讲她的看法，'像十根棒棒糖''像扇子舞''像水母在天上逃'。"

他熟悉这些画面。从地上等距离发射一排烟花，它们于同时、在同一高度变成圆，各自拖曳一条垂到地面的光迹，那就是插在河上的"十根棒棒糖"。半空先出现一道光做的线段，它绕一端转动，形成一个奇大无比的扇形，伴随噼里啪啦的爆炸声，扇面上变幻出花样，大扇子后面还有许多小扇子、光带、光的碎屑，一起衬托它，那就是"扇子舞"。至于"逃亡的水母"，是一种会向高空三连蹿的烟花，直到天之顶点，它才陡然张开足以笼罩住一切的巨网。他又听她说下去。"接着，人人知道重头戏来了！开始放一套组合型大烟花，那是当天最值得看的，人们都在等它，气氛到了高潮。只有我女儿，我女儿这时哭出来了。"

在他疑问的表情中，她笑了笑，也说不定这一笑表达了其他情绪。"你不懂为什么？小孩的世界不是样样可以解释的。但是后来我懂了，那是可以理解的。我女儿她想到自己的身世，自己是烟花的孩子，眼前华丽的画面和她有关，心里产生了像是家族认同感的东西，她太感动了。第二天早晨，我们在我妈妈家起了个大早，又去河岸玩、晃荡，我向她介绍从前我们作为环保小能手在这里做的事。告诉她，烟花之卵就是在这里找到的。我还说，看吧，现在地上没有蛋了，你是独一无二的小孩。我们拍了些照片就回家了。"

接下去他刚来得及问："你女儿后来还信不信？"而她回答："再过几年当然不信了，不信也不反对，说不定至今还有点儿信。"话音刚落，消失在山坡上的所有同行一下子从名人纪念馆里走出来了。啊，原来大家毕竟进去参观过了。他们不由自主被夹杂在人流里往山下走，同行议论纷纷，听起来他们在纪念馆里看到了难以名状的东西，浓烈的谈兴淹没了两人的交谈。

下山花费的时间和气力之少，使每个人暗暗吃惊，真不知道上来时为什么那么纠结。大巴士已经停在下面等候，两人上了同一辆车，但是差一步慢半拍，找不到两个相连的座位，两人分开坐了，他从座位上还能看见她。

车刚启动，坐在后排的人急不可耐地朝前拱了拱，一颗热烘烘的头凑上来放到他肩膀旁边。倒霉，又是肥腿佬！这人很擅长朝四面膨胀，像把壳撑开的蛤蜊人。回程中，他入侵他的地盘是想谈谈秋游体会，他喋喋不休地说，在山上突然看见你了，突然又不见你了，有没有好好参观纪念馆呀？他没勇气推开俗气的同行，只好敷衍他，脑子里却想着不明物体。

果真是烟花之卵吗？

恐怕烟花和河岸早在过去就预见了未来，少年们终将遇上各种各样的难题，于是放下一些道具，供他们在某一时刻加以利用。她用得非常漂亮吧，他想，这就是不明物体出现的意义。他自己还没到用它的时机，或者错失了唯一的时机，这就想不清楚了。他从人和座椅的缝隙中看了几次，昔日的女同学起先注视着窗外，后来因车的颠簸睡着了，胖胖的脸窝在领子里。

皮肤病患者

他和朋友趁周末做了一趟短途旅行，山林徒步，溯溪，溪边野餐，露营，拍照片。回来以后，他忍了两天，第三天到医院去，挽起袖子给医生看一块皮肤，上面发了一片小疹子。

医生是个沉着的中年人，似乎曾阅尽世上有毛病的皮肤，再看任何疹子都不够兴致了。医生询问过敏史，问他最近接触过和吃过些什么。

可能是野外的植物，可能是小飞虫，可能是溪水里的浮游生物，也可能是临期的熟食罐头。他又想到，可能是野餐垫，是睡袋的内层材料；可能是自己坐过的朋友的车，是朋友车里的空气清新剂；可能是另一个朋友带来的狗，狗毛本身或是毛里的跳蚤。一时万念齐闪，不知怪谁才好。

他与医生再次研究患处。地方在小臂内侧，有一个拇指盖大的圆圈，疹子集中地长在里面。这两天，圆圈中不断发痒，不是太厉害，但痒得很细致，他的知觉落实到每一点针尖大的皮肤上，能分辨出一个小点与另一个小点之间的细微差别，而且痒中带痛，此消彼长，仿佛这块皮肤进化出了高清分辨率，要不然他也不会来看医生。医生短暂思索，低头往诊疗本上写字，笔迹洒脱飘逸。

"你写的什么字？"他伸头去读。

"圆形皮炎。"医生已经写完，泰然自若地回答。

他想，医生在说的究竟是语文，还是医学？这岂不是一种最平常的描述？但说时迟那时快，病已看好了。他只得接受诊断，放下袖子，走出诊疗室，到配药间领了药回家。药是一支普普通通的皮炎软膏。

到了深夜，涂了软膏的圆圈中很不好受。四周很静，他几乎听见咕嘟咕嘟声，手臂上像是架设了一口迷你锅，在锅内煮疹子，他感觉最上层的疹子不断地饱胀破裂，新疹子紧接着冒出来，蓬勃地活跃着，破裂的老疹子于是被新疹子翻埋到底下去，并不消失，而是熔解成可以制作出下一批新疹子的原料，这样循环折腾，皮肤灼烧痛痒，一直打搅他的睡眠。

这药膏不行。他做出判断后,往床单上蹭蹭手臂。开灯一看,圆形皮炎没有煮沸,呈静止状态。他握住拳,曲起手肘,将手臂内侧朝脸部放近一点,动作像是躺着做一个宣誓,他见到一条青色的静脉由肘窝出发,经过三四厘米,蜿蜒爬到了圆形皮炎处,由它的底下穿过去,再出现时清晰度降低,逐渐淡入了皮下脂肪。又一次细看那块皮炎,那圆圈是完美的圆,那么圆,一般人徒手画不出来,上面的疹子大小不一,由一些小的簇拥着米粒大的,如同经过了设计和布置,被小心地保管在了圆圈内部,每粒疹子本身是一颗完美的微型球体,球体的顶部近乎透明,灯光下粒粒晶莹,表面泛着微红,可说美丽。

得病一周后,他尝试联系一位朋友,就是一起做短途旅行的人之一。他和他认识于大学时代,两人先后加入自行车社团,两人都不是风云人物,因为都不愿意为集体荣誉而战,也不想磨砺个人技术,是想认识女孩,是来混的,对待训练和比赛一贯马虎极了。正是一次次落在所有人后面、肩并肩慢慢地骑自行车,他们结下了友谊。从大学毕业到今天，当年撅起屁股玩命冲刺的骑手们，背影已经消失在前方视野中，而他们两人还经常来往，像那天那样出去玩。

手机接通了，信号不好，听见了仿佛朋友在用手指摩擦麦克风位置造成的杂音。"喂，是我。"他先说。

他继续说："我想问你……"他有几个事情可以讲，一个是聊每个男人都会玩的一款网络游戏，里面有数百个英雄，英雄们各有不同的技能，玩家可以参加排位赛；一个是曾经提过的约踢球的事，他知道一块场地，而朋友拉得起一支队伍。但这些用不着非得打电话说。主要原因是，这两天他隐隐产生疑惑：好像上次的旅行中有什么东西不对头，有什么事被他忽略了，存在一条指向手臂上还没好的皮炎的线索。他想找机会问一下：朋友的健康有无异常？假设说，他们真的在野外碰到一种举世罕见的病毒，难道就只有他一个人被感染吗？

他刚说了上面几个字，又传来一阵杂音堵住他的嘴，声音是嘶啦嘶啦的，其中也许混合了人声，但实在听不清楚。接着，通信一下子断了。第二次打过去，电话被自动转进了语音信箱。

他狐疑地握着手机，过了一会儿又滑开屏幕，点进社交网站，去翻两个人的主页。一个人喜欢对社会现象发表讽刺性意见，和别人见面时却是最随和的小青年。另一个人喜欢搜集笑话段子，他的主页上都是博君一笑的内容，而如果一直往前面翻，笑意会渐渐冻结在观看人的脸上，因为这些以前都使人笑过了，好难从中再寻出丰满的感受，现在它们是干瘪冰冷的笑话尸骸，他的主页也就类似笑话公墓。这两个人现在都不在线，他注意到两人最后更新的时间都是几天前。这两个人也是他的朋友，都参加了那次旅行。

接下去，他进入一个聊天室蹲守。很奇怪，几个小时过去了，在那里他也没有找到要找的人。而不久以前，那些人就像住在聊天室里一样。

一起旅行的五六个朋友，回来后似乎都消失了。

"怎么回事？"他不由得去看手臂上的圆形皮炎，最后把心头疑问对着它问了出来。他怀疑，情况和它有关。

红色的、精美的、发痒的小疹子承受注视，并在他一对瞳孔中复制出两个圆形皮炎。

又过两天，圆形皮炎悄然成熟。

他感觉它借助自己的手臂日夜酝酿生命力，好像肌肉是土壤，静脉是一条富有营养的河流，它受它们哺育。

要不就忽视它吧，他想。既然它不危及生命，宽容点说也不碍事，他最好照常工作和生活，皮炎而已，男人不能被它打败，甚至不该为它皱眉。至于几位朋友去向不明，那可能是巧合，是有人手机坏了，或者在为生活奔忙，或者突然碰到了好的人于是专心谈起恋爱，过了这阵，都会出现的。

恰恰在这时候，公司派他去外省出差，帮他分散了注意力。

此行是去一千公里以外的合作工厂，把商谈已久的一份合同的细节与对方负责人约定清楚。出差的共有两人，另一位是他的中老年同事。直到坐上了火车，列车由东往西笔直地切入内陆地区，沿途地理与社会风貌跳跃式变换，这时，每看一眼对面座位上的中老年同事，他就诧异一次。因为他有些回过神来，自己本来不必出这个差，他不是这个项目的关键负责人呀。他检讨，肯定是在最近的会议上表现得太积极了，没留神团队里的其他人有默契地后撤了一步，显得他乐意站在前面似的，就被推选出来跑腿。社会人真是狡猾。

"还有四个半钟头……"对面的同事看了一次手表，计算得很仔细，"多几分钟。"

他第二个诧异的地方是，为什么两个座位隔开一张桌板，面对着面？他只能常常看着同事的脸，一张本身垮了但用表情强行提住的苦脸，上面布满琐碎。

长着不美观的脸的同事，是一个将在低等岗位上终老的无能之辈，随着同龄人、年轻一代陆续经过身边升迁到更高职位，这人成了职场的留级生。和他偶然跑这一趟不同，同事的工作是直接与合作工厂对接。

"前方还有八个站。"过了一会儿，同事又进行播报。

"你一定很熟这趟车了。"他说。

"一年中来来回回地，不知道要坐多少次。每逢生产旺季，就像从那里上下班。"

"四五个钟头，说长不长说短不短啊。"他没话找话地说，"你一般在火车上做什么呢？"

"你别误会，工作需要我来来回回，我没有怨言。假如我一个人来的话，一般就利用路上的时间看看文件，想想工作。"职务低微的中年偏老年同事这样滴水不漏地回答。

"今天我妨碍了你工作。"

同事闻言面露遗憾,但是根本没有从公文包里拿出一张纸的意思,于是他也很难想象同事别的时候在震动的铁轨上操劳不停的样子。

"连这一路的风景也看得很熟了。"同事进一步说。

"肯定是的。"

"我一向坐你那个方向,今天把那个方向的位子让给你,我朝这儿坐,看外面,感觉有所不同。"

他这才注意到,自己朝着火车前进的方向,也就是朝着未来而坐,而同事面向的是他们的过去。

"那么我们换过来?"他吃不准同事的意思,作势挪动屁股。

这一说,同事连忙在对面伸出一只手,伸到桌板上方,隔空压住他肩膀,虚势地连续压了两次,不让他起身。同事推辞说,自己这样也很好,两人目之所及的风景其实是一样的,是风景运动的方式不一样。接着,同事告诉他,路上统共要停十一站,五个大站,六个小站。接着,津津有味地把站名从第一个数到了最后一个。接着,便讲途经各地区的特色，抵达目的地是几点钟，到了之后吃饭喝水乘车的问题。

他看出来了，同事人不坏，好像是由于数十年如一日地当一个小人物，内心又有进步的欲望，于是从各种成功者身上想当然地采集优点，往自身修修补补。但这样做，不只遮盖住了一个人的纯真底色，还装饰上了很多累赘的废品。他同情地想，同事不知道一种优点之所以是优点，其核心价值在哪里，比方说，谨慎、注重细节、体贴和善谈，这些就只学到皮毛，同事做出来走样了，专门在别人不在乎的地方表现体贴，在别人不在意的细节上灌注精力，由此想凸显自己没有价值的价值，尽管是好人，还没有一个坏蛋来得有魅力。

他们说话时，火车经过了划分得整整齐齐的农田，农田里矗立着小房子，色彩明丽的收割机辛勤地出没在农作物间。又经过一个到处戳满大烟囱的工业城市，它往天空吹出根根白色烟柱，仿佛在联络天上的什么人。这之后，由铁轨两边同时向远方铺出来大到不着边际的水面，此时他们路过的是养殖淡水鱼的人工湖，太阳渐渐升上去了，湖上闪烁光芒，他们既像在水上行舟，又像到了一块巨型工地，从刚刚抹平的表面还湿润的水泥地中间，一边视察一边穿过去。随后一长段时间，火车和一条高速公路平行，与奔驰着的仓栅式货运卡车、大巴士、小汽车一路做伴。

经过形形色色的地方，靠站好几次，车程过半了，火车进入了第一条隧道，车厢里骤然一暗。当火车钻出隧道时，他看到同事下垂的脸皮染上了一层奇异的彩色，原来他们此刻深陷在漫山遍野的林海当中了，春天的日光和植物斑斓的色彩被送进了车窗，车厢里的色调随山野上植被的变化每分钟都在调整。此后火车反复地在隧道里钻进钻出。

"我们到山区了，前面有一个站，被评选为全国最美的车站之一。"同事介绍说。

这一次，车上广播一响起，他就站起来。"我去站台上转转。"

"注意时间，我们只停几分钟。"同事说，"但最好不要去吧。"

"去透一口气就来。"他说。

他等在两节车厢的联结处，惯性使身体最后一晃，列车停稳了，车门打开，他走到了站台上。只有几个背包客到站，他们会住进山里的小旅社，食宿朴实，每天花一多半时间徒步旅行。他颇为羡慕地目送那些通过出站口的背影，背囊高度到后脑勺，侧面插着折叠起来的登山杖。另几个多事的乘客和他一样，是被山中风光吸引的，愿意暂时离开车厢，呼吸几口清新空气，各人分散到长长的站台上。

火车站所在的山谷被群山合抱，这儿的山势称不上险峻，但是山的派头既雄劲又柔韧，每座山恰到好处地搭住别的山，延绵出十分舒适的曲线。山上的植被也很丰富，哪个角度看去都因浓密的树木而显得毛茸茸的。阳光受山谷上空流动的白云的控制，忽而照亮这里，忽而又使那里更为夺目。这时他想到，自然的美和人造的美的差别是，自然的美没有重点，它是一个整体。

站台尽头有台自动贩卖机，他经过火车尾部，再朝它走去。他想肯定有卖能体现这里风格的食物，此情此景，很想喝一听啤酒，吃一包零食，他可以再带一听啤酒给车上的同事。

果然有得卖。往贩卖机里塞进一张纸币，他稍稍犹豫，先按了要吃的零食的按钮，刚按下啤酒的按钮，就在这时起了一阵风，风是沿着附近一座山的表面刮下来的，从山峰吹到谷底，他在风还没有吹到身上时，先听见了远处树叶喧哗，转头看那座山，风经过的地方树木轻摇，山的表面也因此具体而短暂地保留了风的路径，好像人给猫狗摸背，在猫狗的皮毛上留下手指的痕迹。那风随后吹到了，惬意地吹过他身体，又吹向火车。他跟着风转头一看，火车在这幅景色中，什么都算不上，顶多是条金属小虫子。忽然，小虫叫了一声，朝着远离他的方向爬走了。

这么快就发车了！

他感到不可思议，没有听见发车广播，也没有乘务员召唤过自己，站台上却已经空无一人，别的乘客全上车了。他拔腿就跑，但是火车开得更快，眨眼之间驶离了车站，前方的山中掘有隧道，火车穿山而去，离开了山谷。直到火车彻底消失，他好像还能依稀看到坐在逆向座位上的同事，把额头抵在车窗玻璃上，脸上带着深深的责备，即使如此倒退到天际，也将永恒地注视误车的自己。

"嗯？你意思是，再等两个钟头，还是火车两点钟来？"他低头向工作人员询问列车时刻表，得搭下一列车去工厂。

乘务中心是上半部分用玻璃围起来的一间小亭子,位于进站出站的通道边上。一名工作人员歪坐在小亭子中,面对此时整个火车站唯一滞留的乘客,毫无服务意识,回答任何问题都很马虎。其工作态度不算恶劣,而是给人无所谓、麻木以及虚无的印象,使他觉得假使对其工作进行谴责也白费力气,对方身上缺少承担责任的受力点,因而是无懈可击的。

勉强得到了一个答案,他补好票,回到站台,掏了掏贩卖机的取物口,坐在一把空椅子上,面朝铁轨吃着喝着,采取的是仿佛欢迎山谷景色入怀一般的坐姿。啤酒清爽顺喉,带一丝很淡的涩味。

但一会儿,他就烦恼地站起来,在站台上来来回回地走。他用好的那只手用力按住另一只手臂。怎么搞的,是酒精的作用吗?但才喝了那么一点。那么就是独自一个人,不自觉地总想着它?一路上比较平静的圆形皮炎,现在厉害地发作了。他揉揉它,拍打它,用手掌紧握住患处,痛痒只能稍微缓解,马上变本加厉了。

嘶。他从牙齿缝里吸气,解开了袖口,即使在这种情况下，皮炎的美丽还是震动了他。它的形状依然很圆，密布其中的小疹子精致而且成色高级，和以前相比，每粒疹子更为饱满了，整块皮炎远远高出了周围皮肤，像是镶在人身体上的淡红宝石、一块浮雕、一个按钮。有些情况下人们不知道极限在哪里，但当极限出现，就会认出它来，现在就是，他看到皮炎完全成熟了。

圆形皮炎被风一吹，他感觉好受一点了，原来它爱吹风。他感激地想到，此时替他安抚皮炎的可能仍是刚才由山峰上吹下来的同一阵风，它被困在山谷里无处可去，只能到处吹来吹去。他甩着手继续走动，接受风疗，嘴中偶尔发出嘶嘶的痛吟。

自己好奇怪，怎么像在做广播体操给大自然看。这么想时，他恰好走在站台边缘，用力一挥手，那一下动作的幅度不算太大，然而一阵前所未有的剧痒混合着刺痛由手臂上传来，他感到一直被称作圆形皮炎的那块东西从皮肤上剥离了，掉在地上，不等他看清，被称作圆形皮炎的那块东西飞快一滚，落到了站台下面。此后他再怎么朝轨道上探头寻找，也看不到它了。手臂上什么都没了，痛痒的感觉立即消除。

候车的几个钟头中,陆续又来了一些乘客,各自安静地等着。椅子上,他的屁股旁边堆起了新的零食袋子、饮料罐。他没有主动给同事打电话。同事负气似的也没打来,他觉得不难理解。同事从来老实地出差,从不误车,从无奇遇,这次遇上了新同伴,但新同伴半路出花样离开了,最终仍是其一人继续那不变的旅程。难道只有自己一个人必须这样吗?——要是想到这点,同事心里肯定不畅快,这是一种陷在陈旧生活中的人的沮丧。

倒是有一通受欢迎的电话打到他手机上。他在接起来之前,已经有点明白是怎么一回事了。

来电人是那个从大学时代起就认识的,最近联系不上的朋友。

"你想不到我在哪里。"朋友一开始就说,声音的确像在老远的地方。

"在哪里?"他说。

"国家森林公园。"朋友说。

"等等。"他把手机拿离耳边,调出地图来看,手指不断地滑动、滑动,看了足有半分钟,才又切回通话状态,他说,"你怎么去了那么远?"

"一言难尽，很费周折，"朋友说，"就这么来了。"

"我知道，我在——"他便把自己的地理位置，以及来到这里的过程，做了简单说明。

他说时，一直望着站台与山谷。能想象到，朋友站在地图另一个角上，在与自己相距遥远的自然天地中拨打这通电话，朋友不时仰头望着参天巨木，也望着地上野花，又望着停留在稠密枝叶中的小鸟和其他小动物，梳理着心头疑惑，而且和自己一样，正在弄清事情原委。

"你也有过那个吗？"朋友问。

"有啊。去看了医生，医生说是皮炎。"当他把"圆形皮炎"四个字说出来后，听到对面的笑声。

现在知道那绝对不是皮肤病。

他们各自回忆起不久前的短途旅行，两幅愉快的画面重新跃回两个脑海：他想起的是人和狗排成一纵列在山林徒步，朋友想起的是在溪水边两棵大树间架起吊床，大家争相躺上去。可能是前一个场景，也可能是后一个，在他们毫无戒备时，被一种不知名的植物种子选中，它样子是非常圆的，颜色是红的，偷偷接近他们，附着在手臂、腿或人体其他部位的皮肤上，随后利用哺乳动物爱移动的特性，把自己散播向广阔天地。

他们也都想到了，此行并不完全遵从自己的意志，是想去远方的种子影响了他们，驱使他们来到这里，一个令种子满意的、准备焕发新生的地点，施以终极折磨后挣脱他们身体，滚落到了附近的泥土里。

和风、水流、昆虫、小鸟一样，他们充当的是种子的传播者。

"派遣员。"朋友更中意这个词，"我喜欢被叫派遣员。"

"或者是投递员，像给大自然送快递的。"他说。

"也可以。"朋友说。

火车进站前，他查到了另几位朋友的行踪，他们散落在五湖四海，个个如梦初醒。

他上车坐定，看到对面是个年轻人，情绪焦灼，眼睛不离开窗外，像是希望火车一站不停地直扑远方。很快，隧道的阴影落在他脸上，也落在年轻人脸上，他们离开了山谷。再过片刻，已与火车站远隔重山。

他遗憾地想到，来年那附近会生长出一株新鲜的植物，一阵新的风可能从山峰上吹下来，逗留在谷底，像盲人想摸遍事物的细节一般，吹过每一棵树，也包括它。已知种子的样子，但它长大了会成为哪种植物？他和那些朋友都不知道。他们作为杂役被大自然利用后，大自然却不用向他们揭晓完整的谜底。

"你没带行李。"年轻乘客不知何时将目光转向他，研究他。

"我的行李在前面一趟车上，我同事也在前面一趟车上。"他说。

"你误车了。"年轻乘客说，"你是做什么的？"

"我是……"他停下来想，自己究竟是做什么的呢？自己既被大自然控制，也被人类社会约束，不能说自己是做什么的，而要说自己被它们要求做了什么。自己是被动的，和朋友、同事、这个年轻人一样，自己也是非常渺小的。

陆地鲸落

我第一次经过它是在深夜。没有见到它,是经过了它所在的小城。

入夜后,我们停在高速公路服务区,旁边还有别的长途大货车,车身都长十米以上,相互远离几个停车位,宽松地彼此守望。小汽车则集中在服务区另一侧。这类似于野生动物歇息的原则,大小有道,各有地盘。我们总是人不离车,搭档坐在驾驶室里睡觉时,我醒着,在车边走动,另一些夜晚,换成我睡他醒。大货车上搭班的两名司机一向这么分工,始终有一个人清醒,看守车上的货物还有值钱的大油箱。后来,逐小时下降的气温终于使我在室外待不住了,我一爬回驾驶室,马上就头脑昏昏闭上了双眼,心说:还有别的守夜司机在照看大家呢。

大约在凌晨两点钟，偷油贼的一辆小车靠近了，第一个发现他们的司机急忙警示大家，喇叭声惊破夜色。我醒来了，搭档也蓦地撑开眼皮，瞪大血红的双眼，我们于刹那间搞清状况，飞驶出服务区。停车时预留的空间，使同一时间苏醒的大货车，一辆接一辆紧张但是毫无碰擦地有序驶离，如同做过逃亡彩排。

我们是走运的。这些公路恶徒只消几分钟就能吸光一箱油，使我们大受损失，谁敢下车阻拦，他们就持械硬来，搞不好还要联络寄生在犯罪网络中的同伙，从此无论在哪儿，这辆车得不到片刻安宁。我们只得奔逃。一群公路巨兽竟被一辆小小的贼车驱离，所以我们也很荒谬。我们走运，正因为愿意屈服于荒谬。

败走的大货车雄壮地在高速公路上列队奔驰，司机们一边享受着劫后余生的欣慰，一边疲劳，一边苦恼，然后就各做打算，半道上分手了。每摁响一次道别的喇叭，就意味着有一辆车要离开车队。当今晚警示大家的英雄车离开时，星空下，好几辆车喇叭齐鸣，向它致谢。我们的货仓此时八成满，到达终点站前中途要再卸两趟货，我们计划直接前往下一个卸货点，不久走上了普通公路。

搭档为了解困,听可怕的死亡重金属,他是一个外表平常但是品位很差的年轻人,车上糟糕的播放设备一路加强了施虐力度,还有,他虽没有真唱,但佯装嘶吼时的脸也很讨厌。我们的车经过一个地方,显然是某座小城的外围,和我们几天以来路过的几百座小城没有不同,有一些树、沿马路的建筑、空壳一样的汽车站,略显得它有心的地方是,乱草地上每隔一段距离竖着一块大广告牌,以招贴画宣传小城里的风貌。车灯打亮其中一幅,它已经破损不堪,我看到上面印着一座大房子,是那种用概括性的线条抓住轮廓特征的绘画风格,尽管笔触简约,仍表现出房子的大与复杂,房子旁边写着几行花体字。

这时搭档调轻"音乐",眼睛也移到我这边,擦过我,盯着广告牌说:"看到了吗?那就是它,它在城里面。"

"谁,谁在里面?"我问。

"百货公司。"搭档可笑地回答,眼睛又转向了前方。

我心想,什么地方还没有一家百货公司呢?我看着后视镜,说话间我们路过了这一带所有的广告牌,开到了广告牌没有字也没有图的背面去了,最后一块广告牌在后视镜里先是缩小,随后被黑暗溶解得不见了。货车巨大的轮子一滚,把小城整个抛在后面,一同抛下的还有广告牌上残破的百货公司。这是我第一次听说它,在我刚当上货车司机之后,在这样一个狼藉的夜晚中。

几个月后,公司拆散了我和死亡重金属小子的组合,派我去跟另一辆车。新搭档是个年近五十的老司机,思维缜密,要求严格,他开车时头脑中精心测算相关数据,他的精神宛如轮胎上的一把直尺。轮到我开车,他坐在副驾驶座上,就宛如一把三角尺,同时度量着我、他自己、前方路况三者间的关系,从不松懈。而且他不听暴力和重型音乐,他往往什么也不听,也不说,令车里极其沉闷。

不料有天新搭档偏离了主要公路,他简单地解释自己要见朋友,就将车开到荒凉的地方去了,停车后他一言不发,把玩手机,神色带些烦乱。等了不长时间,一辆小车寻过来了,停在远处,依稀可以辨别出车里坐着一个衣着鲜艳的女人。搭档从高高的驾驶室里一跃而下,动作不输小伙子,迈开瘦腿走过空地,钻进小车里与她会面。我把视线调开一会儿,灰云正堆积在天空一个方向,缓缓地往周围匀开,这是一项大工程,那力量极坚持、有耐心地做着。我看厌后再看回来，在野风与荒草的催促或掩饰下，小车似乎也在动，是小幅度的晃动。原来是这样的一种"见朋友"，搭档趁路过这里，见了喜欢的人。但她是哪种女朋友呢，是自由的人，还是已经与别人缔结了亲密关系因此身不由己的人？我想后者也有可能。

一个小时后，灰云占领了更大的天空，货车终于重回路上。搭档的样子变了，他变松弛了，因为被爱情浸染了一遍，又被离别的情绪软化了一遍，他不够强硬了。很自然地换成我开车，搭档把带回来的购物袋放到腿上，向两边分开拎手，取出女人为他准备的食物，都装在透明餐盒里，是些女性化的漂亮小点心，随车在盒子里颠簸，好像它们坐在一辆车中车里；而搭档的样子，就好像那女人缩小了，开一辆迷你车从他心头驶过，而且车失控了。他看着点心，没有吃，也没有请我吃。

我装作不在意，眼睛一扫，白色购物袋上印着一座房子，旁边写着花体字。曾经在夜里的破广告牌上我匆匆瞥见，竟留下深刻印象，再看到就认出来了。这是我第二次见到它，那家百货公司。

后面几年我继续在公路上穿梭。长途物流做久了，经验累积得越多收入就越多，而辛苦越忍受也越容易忍受。另外，每晚到达的地方都离早晨出发的地方很远，从A点到B点，一路要付出智勇和体力，感觉在做大事，我也喜欢这点。我一般是开大车，有时也开较小的、载重不到十吨的车，每当那时，如同顶尖球队因意外降级而遭遇低级别球队，应付起来非常轻松。

南来北往途中，我当然见到许多事情，但我又多次见到那家百货公司的标志，或听人说起它。有时候是在一张便笺的边角上，有时候是从加油站里两个陌生人的闲聊中，它从不是重点，总是不经意间、零星地出现，随后，那张便笺被收起来了，人们又不谈它了。

我渐渐知道，它曾是一家赫赫有名的超级百货公司，它的开业振兴过附近经济，创造过数字庞大的就业岗位，也带给过人们充分多的商品选择和快乐。在我知道它之前，它就倒闭了，与它相关的好事全部消散。但它又倒而不垮，它昔日盛名的碎片，以及店里未用完的物资，随各种机会散轶到了小城以外。这些年来，我看见或听见它的地方，往往离小城根本不近，就像多情的老司机去约会那天天上的灰云，关于它的传奇被一种力量从起始的地方涂抹到了远方。

我正式与它见面，是在被迫的情况下。

"后天行了吧？"我说。

"后天？能修好一半吧。"修理工的声音从脚边传来。

"不管是哪一半，那不就等于没修好？"我又说，"大后天呢？"

"那是不可能的。"修理工说。

"什么！"我冲着他从车底伸出来的两条腿说。我开始怀疑他根本不会修，也许在货车底下，他闭着眼睛躺在维修滑板上休息，空着手什么也没干。但这样吵架也吵不清楚，于是我和那趟车的搭档走出了汽修厂。

车是在半路上出的毛病，几种毛病一起爆发了，不但修好的时间不确定，而且预估的修理费也让我心痛。所幸车上只剩价值不高的最后一批货，碰巧昨天下过雨，两层篷布盖得牢牢的，留在汽修厂大概安全。我们打电话回公司，由公司出面和货主交涉。这之后，我们站在了汽修厂门口的公路边，手里各拿几件替换衣服。

陆地鲸落

"我们去哪儿?"我说。

"不知道啊,随便。"搭档说。

这位搭档自从车辆故障后,人就变得迟钝麻木,他刚才没有帮我向修理工施压,假如我说"什么",他立刻夹带脏话说"你到底会不会修",也许我们就能争取到早点取回车。我看他对于处境无动于衷。

有辆面包车路过,司机停下来了解我们的处境,他愿意载我们进城。就这样,我与搭档进入了那座小城。先是路过贴着招贴画的广告牌,我第一次路过它们是好几年以前,以后每路过一次,它们就更加残破一点,车窗外,它们一块一块接连而来,接连而去,拨快了我心跳的节拍。我最后看了一眼以平面形式出现的百货公司,接着司机找到进城道路,一驶而入。刚突破最外圈建筑物,我顿时回味出来,那幅见过多次的绘画很会抓要领,此时,百货公司宛如由画中浮现,真实和具体地呈现在了眼前。

考虑小城规模,百货公司大过了头。它有浅褐色的厚实墙体,每一层窗户装饰拱券,五层楼往上隆起一座彩色玻璃的穹隆顶,整体又气派又秀雅。倒闭这件事,只使它暂停了布置彩旗、开关门窗、人流进出这类小动作，只使它蒙灰黯淡，却没能收缩它的体积，它是一头生命消失的庞然大物，趴伏在小城中央。也许反倒因为它不动、哪儿也不去，显得更为硕大。顺风车开来开去，我们总能通过左右车窗看到它，我们便像傻瓜，头在脖颈上来回旋转。后来知道了，在小城任何角落都能看到它。

司机主动介绍一家廉价旅馆，并送我们去。"这家不错，离百货公司近。"他说。我转脸一看，他的表情说明是在认真推荐，仿佛我们还能去逛似的。他停好车，我们谢谢他，走进了旅馆。

我很快理解了司机，这里的人都这么说话。到了住下来的第二个晚上，我问搭档："你觉得奇怪吗？"我们住在双床房，房间很小，床与床当中只留一道细缝，晚上两人一动就会越界，小城经济萧条，旅馆里全是空房，但我习惯了路上节省，是我强迫他住的。我问他的时间是在睡觉前。

"你是说……"搭档环视房间，"你也发现我们这么住很奇怪？"

我心想这趟说不定一点没赚头，给你床睡就很善良了。我问他："你有没有发现这里的人仍然当百货公司是开门的？"

"是吗？"搭档不在意地说。他百无聊赖地躺在白床单上，常年遭受曝晒的脸和胳膊被衬得更黑了，我看事情就像他躺着那样明显，但是懒得同他讲了。

这两天所到之处，碰到的每个人都喜欢提一提百货公司，起先我以为他们说的是别的店，一家躲在角落里没露相的商店，但不是。他们都是百货公司迷，嘴一张就说它，说到它全是幼稚的谎言。

就拿开旅馆的这家人来说，这天早晨我在一楼接待区看报纸，我倚靠在柜台上，旁边是书报架，再旁边是这家人的起居室，我几乎就站在起居室门口，听见店主太太把便当塞给女儿，催她快去上班，要她下班时去食品部一趟，"记得用你的员工卡打折啊，要买……"她絮絮地报出一连串食物名称。那年轻女孩不耐烦地走出来，路过我时倒是按捺住脾气，展颜一笑。店主太太跟出来继续念叨采购清单，未等她念完，旅馆大门一开一合，上班的人走了。店主太太还有谈兴，对我说："我女儿在百货公司鞋帽部上班。"

"哦?"我合上报纸,"哪家百货公司?"

"那家。"她明确地说。

我顺着她的目光穿透旅馆大门上的玻璃看出去,就是关张的那家。"你女儿在里面卖鞋?"我说。

"男鞋、女鞋,还卖帽子、袜子、手套。"她十分明确地说。

她上楼打扫房间去了,我重新翻开报纸。有篇报道写道:"在即将到来的百货公司秋季博览会上,高端现代设计师结合本地潮流风尚,奢华新品就要来袭。"下一个版面上,和时尚无关的一篇民生报道这样写:"月底贯通的公交线路 X,将成为本城骨干线路之一,它途径政务中心 - 环保局 - 百货公司 - 电影城 - 防疫站,尤其为人们去百货公司采购商品提供方便……"我再翻看报纸广告页,广告里也有它。丝丝缕缕中,都有它。我失笑了,什么博览会,什么购物体验呀,这里的人怎么随便骗人啊,他们既相互欺骗,又自我欺骗。我放下报纸,又看向门外的百货公司,过了一会儿推开门走了出去。

夏末的太阳晒在我身上,百货公司穹隆顶的彩色玻璃反射出破碎的光芒,也投映在周边的房子和人们身上。近看它，它比第一眼时的印象更破落，早就没有了一点营业的痕迹。除了商业意义上的关门，爬藤植物也在遮蔽它，在主持一场绿色的落幕。植物成片地包覆住外墙，遇窗则暂时绕过，露出一个空的窗形，胆大的枝条却在其中悄悄汇合。植物未到达的赤裸的墙体上，显而易见地，砖石在碎裂，掉落了。小鸟和大老鼠忙于从高处低处的洞口进出，假如我也能像它们那样进到里面去，就能见到一个腐坏中的内腔，碎玻璃、未搬走的柜台、一头脱落的灯管、锈管道、脏地、烂墙。总之，它现在徒有其表，街上的人却浑然不觉，坐在它的台阶上聊天，拎着购物袋在它旁边走来走去，我听见他们的嘴中不断地说百货公司如何百货公司如何，每说到那几个字就放大音量，和店主太太一样，他们捏造它的存在感。

我绕百货公司走，游览了小城最发达的区域，最发达的区域也不发达，这里经济不行，不是从未好过，是好过后又变糟糕的那种不行。我经过一个小卖部，它是一个铁皮盒子，对外开了一扇窗，我看到旅馆家的女儿在里面当营业员，穿一个钟头前所见的那条褪色紧绷的连衣裙，这条裙子就好像这里的经济。她又对我笑了，脸上有一块明亮的蓝色使她与众不同,吸引我靠过去。到我们只隔着那扇做生意的窗,我们之间仅仅容得下窗台上陈列的一排小商品时,发现是穹隆顶一块蓝色的玻璃在她脸上投下的美丽反光。

"早上好。"我说。

"你好。"她期待地看着我,"需要什么?"

我往她待着的铁皮盒子里扫视一圈,不出所料,不卖鞋子也不卖帽子,只卖小零食,她妈妈给她的便当放在一张小柜子上。我知道人在工作岗位上,假如不能被适量的劳动填满,会很难受的。看这里没顾客买东西,我就要了一瓶低酒精气泡饮料。她低头到冰柜里取,蓝色光斑涣散了,落在了后面货架上,她站直身体,光又重新聚集起来回到她脸上,宛如她脸上有块蓝宝石,主要摆在她左脸颊上,紧挨着鼻子,并在她眼睛里也增加了一点蓝色。

我对着她与宝石胡聊起来。问她这里值得一去的地方,问她喜不喜欢这份工作,她都很自然地回答了,最后我问她几点钟下班,她也很自然地回答我。"百货公司早班是下午三点下班,晚班是八点。"

"那么你今天上早班?"我问。

"是早班。"她乱说时眼睛一闪，但脸上和她妈妈一样毫无愧色。

我对她摇了摇饮料瓶。"晚上见。"

"晚上见。"她说。她站在老地方，然而太阳的位置变化使蓝宝石在移动，逐渐往她下颚骨的方向跑去了，仍把她照得很好看。

我绕到了百货公司另一面，和走来的路上没有很大差别，公用设施陈旧，商业气氛薄弱。前方，有个大叔蹲在百货公司外墙边，忽然拿着什么跑开了。我好奇地蹲过去研究，见有样白色的东西从一道墙缝中露出了头，我用两根手指捏着头头将它抽出来，手里就拿到了一个白色的、印着百货公司标志的购物袋，随着我抽取出这个，下一个购物袋又从墙缝中露出了头，可以像抽纸巾一样把它们逐个取出来。

凭我多年做物流的经验猜测，大叔和我蹲的地方是百货公司的库房外面，也许是当年某位主管计算错误，或是干脆为了节约印制成本，因此订购了巨量的购物袋，直到商店倒闭也没用完，破墙又使它们大量流通到城里，少量地流通到城外。这可以解释为什么小城居民往往手拎一只购物袋走动，里面装着各种非百货公司商品，一些袋子用到很破还在坚持用，他们一方面想尽情用，留住旧日的感觉，一方面又想节约用，毕竟用一只少一只了。

我把饮料瓶装进袋子里，像别人一样拎着。我先在街边随便吃了东西，之后乘上一路公交车，到了汽修厂一看，车还没修好，也简直不知何时才会修好，我对着修理工的两条腿说话时，依然判断不清他是一直在车底修理还是偷懒，然后我很不快乐地乘车回来了。店主夫妇都在旅馆，他们同时关注我身体的中段，也就是手那里。饮料瓶早扔了，不知道为什么，也许是出于对他人癖好的尊重，对他人百般维护不存在的东西而产生的敬意，所以留着袋子，拿在手里。店主太太说："去购物了吧，买得愉快吗？"她的丈夫也撑开胖脸友好地赞许我。我只好说："嗯。"

晚上，我和搭档聊不来。等他无忧无虑地打起呼噜时，我还睡不着，除了思考车究竟修到什么程度了，我也想着小城里的事，想着蓝宝石女孩。

窗帘拉得不好，月光照进来，搭档的手脚又伸过来了，遭我无情地拨开。我爬起来，越过我和他的床，第一次正正式式地站在房间窗口观赏外面。突然意识到，他们给了两位难得的客人一间街景房。月亮下的百货公司，顶部闪烁朦朦胧胧的光，顶部以下，爬藤植物是暗的，隐入黑夜，没长植物的墙体又微微发亮，它匍匐在窗外的形象残缺不全，却使真相比白天更明显——它其实是一具很大很大的残骸，正在消解，小城里的人却还依赖它而活，在与尸体共眠。世界上好像存在某样东西，是和眼前的情形相似的，那具体是什么呢，我费力思考着。

又过了两天，我们突如其来地接到汽修厂电话。

退房是在清晨，我用购物袋装着替换衣服，店主全家都从起居室赶出来道别。"再见，再见！下次再来住，再来逛百货公司啊！"店主夫妇轮番说。我们走了，这里就不剩一个客人了。蓝宝石女孩站在边上，仍穿那件褪色紧绷的连衣裙，有几秒钟我们旁若无人地对视，她带着优美疏离的笑容，没有说她父母亲的那套话，也许她比较清楚，这里不适合我们，我们不太会回来，也很难有其他客人再住进来。我觉得她值得更好的地方，但我不能说出来，再说也不知道自己的意见对不对。

我们乘坐公交车而去，顺利取到了车，试开一下，声音和感觉都很好，车似乎恢复如初。回到汽修厂，修理工钻在另一辆车下，又只能见到两条腿，但是这次他蹭着身下的维修滑板稍微退出车底，到手也能伸出外面的程度，就一指，我们遂把修理费往他所指的小桌上放下，掉头走出汽修厂，立即重启行程。

我们又一次路过了那些广告牌，百货公司从早上真实具体的形象，退回成了招贴画。"啊！"搭档手握方向盘看了它一眼，忽然吃惊地叫道。接下去他怪叫连连，如梦初醒一般问我："你听见了吗，他们刚才竟叫我们再去逛这间百货公司，它不是早就关门了吗？"

"是啊！"我说。我也很吃惊，这人的脑子看来和货车引擎相连，现在也有点康复了。

"这里的人……"搭档说，"啊，这里……"他讲述着我已经知道的事实。后来，他突然很精确地说出那晚我看着月下百货公司时心里的感受，"你有没有听说过鲸落？"

"什么落？"我说。

"是大海里的事，是一种奇观。当一头大鲸鱼死掉，海很深，于是尸体坠落，一直沉到海底，在海底围绕它形成一套生态系统，很多生物靠它的尸体还能够活上很多年。

这间百货公司,就是那样的东西!"

公路在后视镜中倒退,仿佛被人抽走,又放到我们前面去。每过去一秒钟,货车就离百货公司更遥远。也许在漆黑的海底划小舟离开一架鲸鱼骨头,就是这种感觉?有点伤感,有点无能为力,还有点尊敬它?但是你不属于它,只好往前去,把属于它的人和事留在原处。

沉默之石

静得出奇。

看得出一些刚走进来的参观者面露讶异，凭过去的参观经验，他们对展览的声音环境做出一般性的预估，但这儿远远超出预估，要再过几分钟，他们才会接受，甚至赞许这儿的安静，这儿比哪儿都更安静。他们分散到各个展厅中去了，脚步是很轻的，也不让随身物品发出声响，也咽下了咳嗽，也克制住不必要的交谈，也从思想上摒除杂音，他们专一地欣赏展品。如此多的人，漫游在玻璃展柜之间，仅仅发出最微弱的噪音，这使后走进来的参观者更加讶异。

展品是不久前刚修复好的一批古文物。人们曾经听说过它们，见过个别的实物，见过另一些文物的图片或文字描述，它们大量地集中展出，这是首次。

她慢慢地在一个展厅里踱步，她穿黑色套装、黑色低跟皮鞋，是一名年轻馆员，在这个厅里值班，负责引导和监督参观者。在那儿，一个墙角，有一把属于她的椅子，她可以选择坐在那里，或是站起来走动，她不应该常常走出这个厅，这里是她的工作范围。这个厅展出的是一些古代的生活和装饰用品，陶罐、瓷盘、金属瓶，都封在展柜内，展厅的两面墙上各有敞开的巨门，连接别的展厅，参观者在相邻的展厅间自由流动。现在，她走向一侧的邻厅。邻厅的馆员也正向她走过去。他是一个穿黑色西装的高个子小伙，长相很不错的，放到任何一个奢侈品商店里服务有钱人都会很像样，他看管的展厅主要展出古代的小雕像、镶宝石铜雕、镶金玉雕、镀金涂漆木雕。两人在打开的巨门边停住了，她站在自己这边，他站在另一边的地盘，都不越界。

"好怪啊，发生了什么事吗？"她几乎用口型说，"太静了！"

"唔，我也想知道。"他说。

接下去他们用更轻的声音说话，因为即便刚才的音量也显得大了，几名参观者侧过身看向他们。"昨天就这样了？"他悄声说。

"对。"她也悄声说。

他和她在巨门的门口分开了。

今天是星期三。前天是星期一，是世界上许多博物馆、美术馆约定的闭馆日，这里也一样。前天这层楼趁闭馆布展，布展内容就是正在展出的这批文物。昨天是星期二，是开展首日，从昨天起，这里变得异常安静。男馆员决定去了解一点情况。他用简洁灵巧的步伐走到自己负责的展厅的另一头，那儿也有一道打开的巨门，连接着下一个展厅，他想办法引起那里的同事的注意，和那位同事低声轻谈。几分钟后，那位同事也走到所负责的展厅的另一头去，再向下一个展厅里的同事发出询问。询问于是静悄悄地往博物馆的整层楼传达出去。过了一阵，消息逆向传回来了。

在他们刚刚交谈过的地方，那道门口，男馆员递来一张宣传单，她为了认真研究，上半身微微探进隔壁展厅。那是一张馆内到处可见的宣传折页，印着展品的图文介绍，对应展厅序号。假如有人问在哪里可以找到某件展品，任何一个工作人员都可以就近从某个架子上取来一张，以笔圈出展品，回答问题。她看出，在刚才那会儿，同事们利用这张纸进行过一次公平性颇高的讨论，或者说票选，有数个展品的图片上被画着圈，圈上又加了几条短杠，表示此圈作废。唯有一个展品，它被多个不同的笔迹反复圈示出来，并且圈上没有画任何一条短杠去否定它。它被选举出来为此事负责，它的样子是一块石头。

她无声地阅读展品的名字：沉默之石。

她和他站在某个展厅正中，面朝一个独立摆放的玻璃展柜。

现在她换上了自己的裙子，他也换过衬衫和裤子，她背一个小包，一只手始终覆在小包的肩带上，他拎一个得体的公文包，他们在下班后，穿过很多展厅特地来这里。照明系统关闭了大半，但有一束清澈的灯光射在展柜上，钻入展柜中，照亮一块青灰色的小石头，它比掌心小，质地细腻，不像雕琢出来的，像由什么较为柔和的力道长期处理成这样子。它是极为安静的。

沉默之石。标签上写。

她对石头看了一会儿，不得要领，随后和一名普通参观者没两样地环视别的文物，对于整个博物馆来说，一个基层馆员太微不足道了，这里的东西她以前也没见过。这里的东西似乎是因为难以归类才最终归在一起的，有一块可疑的石头，有古人用他们的智慧和手艺制作出来的小鸟标本，有织品，有酿酒工具，有涂鸦的小纸片。

"石头表示什么？"男馆员问她。

"不知道。"她说。尽管游客清空了，他们仍然压低嗓音说话，她像吹气似的说，"是他们的一种标志？"

"但任何东西，这里所有的，都是他们的标志。"他说。

他们正在研究，一个也正要下班的同事拎着公文包穿过重重展品走来，站在他们旁边，这个年轻人是一个讲解员，一个大眼睛、厚嘴唇、富有朝气的人，他也想加入讨论，但是他的声音更低，他们都把头贴近他，可怎么也听不清，真不知道他今天是如何做讲解工作的。他在静悄悄中静悄悄地讲话，手势急切地辅助着听不见的话，只有"公关""嗨呀嗨呀""年轻人""爬山""游泳""树叶"等零碎词语吐出来。后来讲解员停止无效的表达，示意他们应该继续穿过展厅，并率先往前走去。

三人又路过一些展厅，顺着员工通道来到博物馆外面，突然他们同时偏头朝空的地方咳嗽几声,此后恢复了正常音量。

"你刚才有没有说了一千个字?抱歉我们都没听见。那是一个什么故事?"男馆员问讲解员。

"不止一千,大概有两千个字。"讲解员说。

"'沉默之石'是怎么回事?"女馆员也问讲解员。他们在这个系统里做事,老是听说博物馆奇谈,例如某件文物带有放射性元素、致命病毒,或是其中寄生了一个远古的诅咒,都是传闻,没有凭据。这次的事仅是古怪,并没噩梦感,如果单单这样就使他们害怕的话,那么工作就不要做了。她非正式建议道:"可能得让馆长关心它,帮大家做点生化防护。"

讲解员开始讲这个故事前,先说道:"有时人们一边考据文物,一边编造故事,等它被放进馆里,讲解时为了调节气氛,我们也不完全说真的事情,谁知道古时候发生了什么,请你们别太相信。"

他们都回答:"那当然,我们没有那么不专业。"

一个部落与另一个部落交战,战事在两个部落中代代相传，偶尔事关某一方种族存续，但在更漫长的岁月中，仅作为双方日常生活的余兴节目存在。长期胶着缠绵地打仗，对两个部落都有利，因为它们没有负责宣传部落形象的公关人员，它们必须通过持续作战，向外界传达自己战斗力充沛的信息，以立威风，慑四方。两个部落自然地结成对子。尽管它们各自有真正的结盟部落，相互间做做生意、鼓励通婚，但这两个部落之间的感情远比和盟友的更深切，它们的战争洋溢甜蜜的味道。

双方一直这样坚持交战。

可情形骤然变了。

某天，一场在预想中也将懒散地打完的战斗，到后半程绷紧了。由于一个人突然毫无道理地认真作战，对手在一惊之下也认真应战，他们带动了周围正在装模作样地捉对厮杀的古代人，那些人不是一对对搂抱着，嘴里发出嗨呀嗨呀的声音，轻轻摇晃对方，就是缓慢连续地互击兵器，把自己的兵器正好敲在对方兵器的正中间，再给对方机会敲回来。此刻，所有人都警惕起来，继而认真起来，继而疯狂起来，一些人扑倒在地，打赢的人则帮助同伴屠杀对手，鲜血中的甜蜜在那时散尽了，剩下普通的腥臭味。他们都是巨人，或者不足以称为巨人，但也要比现在的人类高大许多，这点从博物馆里展出的东西，盔甲、战靴、生活器具，以及少量骸骨上可以明确推断，巨人的怒气蓬勃燃烧，脚边的野草枯萎了，巨人的大脸纷纷扭曲，在战场上相识数年的对手认不得彼此了。在任何时代，反目成仇都极为可怕，因为替一贯明确的敌人会预备快刀，杀得干净，而反目成仇者长久没动的兵刃早就变钝，钝刀锈斧一旦挥舞起来，斩人的场面更血腥。他们从中找回了快意，这才是我们，他们想，我们应该战斗！他们的祖先是热爱战斗的，他们想，我们也应该战斗，我们不要作假，不要懒惰，我们应该战斗！像这样！像这样！像这样！想的时候，钝刀连续举起和挥落了三次。直到快意被疲劳征服，活着的人退回各自的部落。

从此进入了复仇纪元，从前打过多少假仗，此时数量翻倍地打硬仗，他们潜入对方领地实行暗杀，互夺野草丰茂的牧场，互截水源，互抢财物，互毁名誉，互相遗忘了从前的情谊。

越战越勇，越战越兴高采烈。唯有少数人感到痛苦。这些人在两个部落里地位较高，是首领以下的中级领导者，他们赞成以前的相处方式，一直为以前假的敌对关系铺路，并憧憬有一天双方能公开友好关系。此时，他们在一般的痛苦以外尤其尝到的刻骨的痛苦是，他们担心，正因为自己以前支持使诈，投机取巧地装饰部落形象，现在遭到了反噬，他们感到自己对此局面负有责任。

这些人，大约有七八个，其中四个人，在大战后的一天相约商谈。那个地方在两个部落交界处，是他们从前经常会面的地方。古代人生命不长，即便活到在部落里掌握话语权的年纪，其实还是很年轻的人。年轻的巨人们以往会面时，总把少许时间花在议论部落政治上，迅速敲定下一个打仗方案，大把时间用于爬山玩耍，畅泳在冰凉的溪水里，从水里出来后为彼此编织发辫，交换捕兽妙计，他们互赠罕见珍贵的动物毛皮，有时也把藏在自己部落好几天的果实偷拿出来，恰好熟透了，可以一个接一个吃了。但这天的会面，谁都心事重重，谁手中都没有礼物，一人的手臂上包扎着一大片树叶，两天前他遭人用弓弩偷袭。

四人无心玩任何花样，席地坐在岸边，为了厘清现实，为了辨明未来，为了想一条计谋出来——总之得为双方面干点什么啊。他们确实想出了一些办法，或许可以一试。

但他们当中有一人只是听,久久不出一声,他似乎被溪水夺去了注意力,溪水一如既往地在身边欢悦流淌,水中却夹杂破碎的兽皮、断裂的箭羽,这说明……说明上游有人刚刚死去了吧,死去的是自己这边的人,还是对面那边的人?他想,从某方面来说,没有任何区别,都是殉难者。部落之争还要持续多久,下一个友好纪元几时来临?他认为遥遥无期。

各位,是徒劳的。他终于说。

我们不想逆转形势,只要做些什么缓和它。朋友们说。

是徒劳的。他说。

巨人身体的共鸣腔要比现在的人类强大,他们说话的声音更浑厚,话语背后垫上了一层丰富的背景。他的喉结像一只小球在颈部滚动,是徒劳的,他第二次说完这句话,小球静止下来,朋友们还待在他声音的厚度里,过了一会儿才走出去,离开时都感觉心里难受。

那么我们什么都不做?朋友们问。

能做什么呢?历史的进程是残酷的。他清澈的眼睛看着一处风景,好像历史一览无遗地在那里。历史的残酷,我们还有我们以后的人,谁能真的做什么。躲避、绕过去或者戏弄它吗？这些我们以前试过了，我们在这些事上做错了，也许窃取了不属于时代的和平，现在它叫我们还。

那么只能战斗了吗？四人中有两人来自对方部落，那两个人说。

是啊。他说。

那么……那两个人说着，双手握住自己的武器，光是靠腿部用劲，同时高高地站起身，向仍然坐在岸边地上的两个昔日伙伴俯视。站立的人之一手臂上包扎着树叶，这勇武的巨人宣布：从此我们是敌人了。

商谈结束。

之后爆发了一系列部落战争，两个部落相互征伐，有时别的部落加入它们，有时别的部落撇开它们新辟战圈，以别的名义开战。乱战遍地开花。古人们觉得时间模糊，因为战争的重复度太高了，似乎每天都在做同样的事：睁开眼睛后，去战场上把相似的对手杀死一遍又一遍，太阳在天上移动了位置，星辰出现了，他们停不下来。

少说也打了几千仗，四人曾多次身处同一块平原、同一片河滩，真怪，关键时刻总有其他浴血的巨人冲过来，将快要接近的四人分散到平原或河滩的两边。这无形的力量既像在竭力阻止一场碰面,又像通过拉近和拉远的动作反复捉弄他们。直到几年以后,其中两人才于战场上真正交锋。生命短暂的巨人,已被时间从青年飞速变作中年。手臂受过伤的那人,如从前般俯视旧友,也就是徒劳者,不同的是,这次他先击飞袭来的利剑,再将自己的武器压在徒劳者肩上,迫其两手空空跪在脚边。

他们保持住姿势交谈了几句,由于四周的巨人全在嘶吼,人人声音浑厚,叠加出可怕的声场,他们听不太清对方的说话,同时又非常明白对方的意思。大致上他问道:你还觉得徒劳吗,做一切事都没用吗?你错了,此时你哀求我,我便改主意不杀你。而他回答:是徒劳的。之后他拒绝再说一个字,也不为保全性命呼叫一声,决心徒劳而沉默地等待历史从此处经过。

话来自厚嘴唇,钻入嘴边的麦克风,送进参观者佩戴的无线耳机中。"……徒劳者立刻被他的朋友砍倒在地。不久后,同时代的巨人都死了。他们的后代个子变小了一点,一代一代的人,个子再变小一点,今天的我们是他们的缩小版。我们知道,人类的进化史等同于一部战争史,这是老生常谈了，后来每一代人都挑起新的战争，每当战斗打响，正巧有人精确地站在徒劳者倒地之处并且手中高举武器，那个瞬间所有人会听见一片安静——听，就像现在。"

馆长没有采纳为员工做生化防护的建议，他评估目前的情况是安全而不便，只做了一个改变，添置了收音灵敏度更好的讲解设备。现在，这批参观者都把耳机的音量调到极限，凝神细听讲解员说话。

"为什么？"古代人的故事告一段落，某位参观者发问。他的声音实际含在嘴巴里，并未发出来，不过讲解员读懂了嘴型变化，用一次明确的点头回应他，嘉许他参与互动。讲解员最怕参观者无动于衷。

通过一对多的无线讲解设备，讲解员又向大家传音入耳。"因为人们受到了影响，或者说获得了一种启迪，那是徒劳者遗留下来的，在那个地方突破时间传递给了后来者。通俗地说，那种东西就是旁观历史的态度，它忽然之间把人们从战斗状态中抽离出来，使他们也感到徒劳，他们想：我们在干什么？战斗没有用了，但是不战斗似乎也没有用，个人做什么都一样，个人不做什么也一样。没用了，没用了，没用了，我并非历史的创造者，我也是历史中一名徒劳者！但是，这样的一瞬间转眼即逝，停顿的战斗又恢复了，谁比较慢地回过神来，谁就比较快地被人杀死。"接下去，讲解员指着玻璃展柜中的沉默之石很快地说，"这块是从战争遗址发掘出来的石头，你也可以叫它'徒劳之石'。"

人们还打算提问，关于精神是如何附着在石头上，石头是不是徒劳者身体的一部分，它具体是不是一块舍利子呢？但是讲解员说："来，我们来看下一件文物。"这次不费神读唇语了，把人们带离沉默之石，使人们的注意力转移到小鸟标本、织品和其他东西上。相比无动于衷，讲解员更怕参观者刨根究底。

这批参观者走走停停，边走边看，穿过很多展厅，来到高个子男馆员的展厅，又来到女馆员的展厅。女馆员坐在墙角的椅子上，穿黑皮鞋的双脚整齐地放在地板上，她看到讲解员和这群人悄无声息地移动过来，他走在最前面，像水中一条急切寻找氧气的金鱼，嘴巴频繁张合。他张着嘴对她点头。他与这群人驻足片刻，随后安静地离开。其他零零散散的参观者也保持安静。博物馆里仍旧静得出奇。

"今天这个故事，我讲了四遍。这些天我越讲越好了，讲完后，他们提出很多很难回答的问题。"下班以后他们三个又碰面了，一走到可以自由发声的地方，讲解员先咳嗽了一阵，"你们听，我嗓子都说哑了。"

"听说徒劳者很受欢迎，像历史明星一样。"男馆员说。

"我没听过这个词。是形容一个人物的形象在历史中特别辉煌灿烂？"女馆员说。

"对，顾名思义。"男馆员说。

他们辨析了一会儿历史人物和历史明星的词义，又说回徒劳者身上。

"他选择不做什么，他是一个消极的古代人，发表一套消极言论，结果却讨人们喜欢。许多人喜欢把无聊的东西浪漫化，其实沉默并没什么用，只有点唬人的作用。"出乎二人的意料，男馆员批评他："我想象得出来，他那个朋友，再次碰到他时是很失望的，他有很多年可以修正自己的看法，可他仍然说做什么都没用，他不是一个和他朋友一样的革命家。所以那个人是由于极其失望而只好杀了他。等等，我好像越来越能体会他朋友的心情了，他不但声称自己徒劳，也等于说朋友的一生是无用功，否定了朋友。朋友或许想杀他两遍。"

"你很不喜欢他。"女馆员说。

"我比较喜欢他朋友，那个人比较实在，做自己在历史中可以做的事。而他呢，人在历史中定义历史这不太好，不太谦虚。他大可以定义他前面一段历史，而让我们定义他们那一段，那才合理，你觉得呢？"男馆员说。

"我觉得，大家都没提到四个古代人中的另外两个，我认为其中应该至少有一个女古代人，女人也参与了历史，不能否定这点。"女馆员说。

"是的，应该叫讲解员说进去。"男馆员问，"你能把女古代人说进去吗？"

"可以试试，故事里面还有空间。"讲解员说，"女古代人应该是不错的，她对那段历史也许起了举足轻重的作用，我们忽略了。不过，那样故事会抻得太长。谁也不完全清楚古时候具体发生了什么，别对解说词太当真好吗？"

"行。"女馆员说，"但你们还是应该把女古代人说进去。"

他们说着往前走去，把博物馆高大的建筑物留在背后，把里面存放的文物一起留在背后。

每天晚上六点钟，最后一名参观者被请出去，馆内关闭大部分灯光,等到工作人员下班,照明再关掉一批,之后只剩值班的人、少量灯、警报系统,陪你熬过这一夜。

这里温度湿度有标准,光源中滤掉了红外线和紫外线,没有雨也不刮风,没有小虫爬过埋在土里的你的身体,没有狗把你的局部刨出来随机叼到另一个地方。这里比野外好太多了。当然代价是你不能动,你是清洁的,并被修补过,被固定住,被命名,被封在一个玻璃柜子里,被照亮。你看着友邻,大家都一样,清洁、独立并光明。你们的历史已成碎片,此时散落在新的历史中,陈列在新的历史中,供新历史中的小个子人类去谈论。你如此被展出。你看不见旧朋友,两次喝问你的人,不在这个房间。是否他也以某种形式被保存下来,被陈列在巨门另一边,他在隔壁,或隔壁的隔壁的某块玻璃后面?你们不能随意拨开同时代的人向对方走过去,再交谈一次。假如再一次被问,一切都是徒劳吗?你要如何回答?不是徒劳吗?你想,是的,是徒劳的,是徒劳的。

大学第一个暑假

门推开了,一个迟到得离谱的同学走进教室,他将大尺寸的头转动半圈,评估空座位的分布情况,选好了,走过去坐下。青年讲师还很资浅,在师生两个圈子中都没地位,对课堂纪律放弃管理,只冷眼一瞥,接着乏味地讲课。

朋友推推我。"那个交换生。"

"喔就是那个,部落来的人?"我也看出他与众不同,他比台上的老师更有存在感,你看了就会觉得应该尊重他,或者试探他,或者取笑他,或者消灭他,总之不像对老师,你的心灵上产生了反应。

我和狐朋狗友歪坐在阶梯教室最后两排,向下远眺他的背影。他很结实,有一头浓密的黑发,在末梢打起小卷,三天没洗也没梳理的样子,下面露出粗粗的脖子,脖子两侧是类似大桥上斜拉索那样的肌肉，连接着一副宽肩膀。他没拿出课本和笔摆到桌子上，只是洒落地孤身坐在那儿听课。

"感觉很野蛮。"我们之中一个人说。

"学校招这种人，是搞慈善教育吧。"另一个人跟着说。

我的朋友说话声音不大，恶意也是很小的，是天真无邪的那种，如果加以管理就能隐藏好，不约束就会像此刻自然地流露出来，只因我们是人品普通的大学生。

不料新同学听见了，他肘部架到椅背上，灵巧地拧转身体，隔着多排空旷的座位看向我们一伙。他有均匀的黑皮肤，五官分明，表情并非是生气，眼神很迅速很到位地把我们个个看了一遍，他在一瞬间从我们身上分别捕捉到的信息，好像远超我们二十来年对自己的理解。我们整齐地，傻乎乎地，也望向他。直到他转回去，大家把屏住的一口气吐了出来。

新同学是学院另一个系的，他开始出现在各种地方，餐厅、教学楼、图书馆、学生活动中心、校园的路上。他好像没有获得太多经济资助，就住在鱼龙混杂的普通宿舍里。一天他的室友来我们房间串门，说好其他事，就说起他。

"……他提交了入学申请,他的部落是个古老的氏族,根据神秘直觉四处迁徙。有一次,当他们停在某个地方,父亲哥哥都去干别的事了,他走进政府大楼查询有关条例,发现自己符合申请条件,而且手续很容易办。申请递交上去,第二天,他们再一次出发了。他填写的联系地址是:移动部落。入学通知书发出来了,邮政系统一路打听部落踪迹,通知书从一个地方转交到了另一个地方,翻过几座大山,跨过两条大河,还有几百公里的公路吧,在后面追赶他们。终于有一天,他领到了破破烂烂的信,把通知书掏出来,在大石头上弄平,全族人围着看。他父亲问他:'阿布阿拉罕啾啾?'他想了想说:'啾!'他们是在讨论要不要去上学,他说那去吧。他的兄弟们都说'阿鲁啦',姐妹们则说'噻鲁',意思都是太好了,赞成他。他就是这样做成我们学校交换生的,晚了好几个月。"

"这是他们部落的语言吗?"我房间里的人问。

"差不多,他和我几乎就是这么说的。他父亲接着还说:'那塔嘟嘟?'他说:'嘟!'这次他们在商量什么时候启程,他说,学校已经开学了,我准备收拾收拾明天早晨走,暑假的时候我会根据你们留在路上的线索,去和你们会合。"

"可是他只说了'嘟'。"

"是吧，因为那种语言的信息密度和我们不一样。"

我眼前浮现他空手来上课的画面，现在我想到，那天他很可能刚从旷野跋涉而来，十分钟前走进教务处交上通知书，立刻就坐到我们中间汲取新知，可我们并未有礼貌地欢迎他。

他的室友又讲了他不少事：他使用极少量的生活必需品，一块肥皂，两件衣服，自己在浴室用剪子剪头发，他从醒来到目光炯炯地站在地上只需一秒钟，他采下树上几种浆果当零食，周末则经常背一个小包去校外露营，身上没几块钱，不知道他在外面吃喝什么。说话中提到他姓名，是由许多音节曲折地拼接起来的，听起来既像是一句严肃的嘟囔，又像是克制的呵斥，我们半信半疑，而且根本记不住。

"那就叫他'酋长'，像我一样。"那位室友建议我们。

几天后的深夜，我从校外回来，抄近道穿过校园中央的大草坪，走到一半，看到草坪一角立着一个静止不动的黑影。冒上来的第一个念头，那是现代雕塑，由艺术系新创作出来的，喷涂好颜色放着晾干，他们总是大肆创作，而我们看到就会暗暗担心，离开校园后他们有片潦倒的未来。

我挨近它，从上到下仔细地看。"酋长？"我说。是他。

酋长沐浴在乳白色的月光下，头戴一簇羽毛，一条格纹毯子披在肩头，毯子的两角绕过脖子打结系住，其余部分垂落身后，他两手叉腰，手臂将毯子张开了一点，两腿微分，面朝平平无奇的一处孤独地站立。

"嗯。"酋长转过大头回应我，眼睛亮闪闪的，好像里面开着两盏LED小灯，一直照到外面，甚至照亮了脸上伤感的神情。

我们结伴朝宿舍区走去。

"我刚刚送女朋友回家，她住在校外。"我说，"女孩挺烦人的，她喜欢你的时候走路就特别慢，路也会走歪，我们走到她家的路上花了太多时间，接着我又走回来。再晚一点，宿舍要关门了。"

"女孩很可爱，天生也比我们聪明。"他很有绅士风度地说。他完全不带外族口音，嗓音有力量，但是能控制力量轻轻地说，因此有种我其他朋友不具备的富有弹性的柔情。可是他没像我所期待的，也把他站在这里的原因说出来。

我们走出草坪了，我在水泥路上擦擦鞋底，他也停步，又向着望过的方向再看一次。当我们继续走起来时，他边走边把毯子解开，将薄毯子边对边地来回折叠，又把头顶的羽毛摘下，几缕自由的卷发于是散落到他额头。我往他手中一瞧，原来那几根硬挺的鸟禽的毛是装在一个发箍上的，真现代化。他把发箍小心地夹进毯子里。

路上零散地遇到几个夜归的同学，取下装束后，他的形象近似于我们中的一员了。我暗中比较，他比我强壮但比我矮。

"你刚才是在弄什么仪式吗，可能正好碰到你们的传统节日？"过了一会儿，我忍不住问道。

"不是啦，今晚我有点想家。"酋长显得不好意思，"我家人正在那个方向，我有那种感觉。"

我们在串起一排学生宿舍的小道上分手，我目送他手捧毯子走进其中一栋楼，猜想若是回到一个月前，这时候他大概正要往帐篷里，或睡袋中，又或是一张亲手剥下处理好的兽皮下面钻,将和周围的野风牧草共度一晚。他走进去后,我也回到了自己的宿舍楼。

自这天起我们偶尔打交道。他倒的确是来学习的,通识课、专业课,还选修了我们系的几门课。他解释,部落里的孩子并非无知,也有接受基础教育的机会,而且由于他们在流动的环境中成长,处理的是多样化的事务,可手边的工具总是有限,于是养成了凡事先经过周密计算,再使用简洁的手段去完成的做事习惯,他们被生存条件训练得头脑很好,不过是他们认为有更重要的事情要做,不高兴把时间花在读书上而已。

"那你为什么来呢?"我和朋友们问过他。他回答,他想进学校体会一下,也许所学会对族人有帮助,再说他父亲很开明,支持他。他父亲觉得未来的面貌应该是不同的人能相互融合,就像朝地平线望去,远方的山脉或不论什么,总是连接着天上地下。我们的第二个问题是:"你们那族人主要做什么?是放牧、养蜂,还是做农牧方面、手工艺品方面的贸易,或者别的事情?"

"我们是……"酋长在一阵短暂的踌躇后,发出连串的奇怪音节,像是"阿史迈利丢噜耶嗒安琪司诺努哈特里阿"

之类的。

"阿史，是什么？"我们说。

"阿史迈利丢噜耶嗒……抱歉，很难翻译。"酋长说。

第二个问题问过几次，我们心里依然模糊。有天我上网查，把努力记住的音节全部键入搜索框，出现了对应词条，释义却很简单：神秘的移动部落。

对神秘部落来的酋长，几个同学始终抱有敌意，他们禁止他坐到附近，远远见他就反复进行讽刺，他们对羞辱别人很在行，还要留出安全距离方便自己逃跑；不像我们这群人，对学分、对女孩、对政治、对世界和宇宙，其实都缺少争强好胜的意志力，我们坐在教室后排假装有个性，是在掩饰我们的柔和、并无个性。酋长聪明地注视着挑衅，好像把他们前三分钟所想以及接下去的五种动作的可能性全分析透了，他没有做特殊回应，不过他的目光也是一种回应。

大学的第一年如此短暂，夏天匆匆地来了，我们考了几门试，接着宿舍关门，暑假开始了。

同学开破车把我捎到车站，长途巴士发车大概半小时后，突然我眼珠剧烈弹跳了一下，盯住窗外一个小黑点。

那是酋长。他沿着公路徒步,随身背一个容量小到惊人的包,是那种廉价的尼龙抽绳包,仅在他背上凸起一小块,能装下什么呢,我猜里面有条薄毯子,再加一个改装过的发箍。他不戴帽子和墨镜,把黑黑的头发和皮肤完全暴露在日光下,不打算搭乘汽车,以匀速的步伐一直往前走,去和居无定所的族人团聚。

我在家里住了几周,无所事事。一开始我按约定每天和女朋友聊天,慢慢地两三天一次,然后我感到那个女孩越来越陌生,很难想起她完整的脸,想出来的脸好像和真实的她发生了偏差,我担心每想一遍就会在前一次的基础上再发生一点偏差,直到她面目全非,二年级开学后我见到真的人时,兴许会大吃一惊。索性不再要求自己必须想念恋人了。

叫我高兴的是,高中时期要好的同学回来了,接下来的周末,我们一共四个朋友相约去旅行。我们到了一个主打自然,但几乎全由人工布置出来的景区,他们根本不在乎游客觉得假,而游客一眼看穿是假的,感到十分滑稽,反而被刺激得增加了游兴,我们就玩得挺开心。几天后走出景区大门，售票处仍在排队，我们站着盘算了一会儿，临时改变主意，跟着一个同学回家去了。

那个同学的父亲前些年做生意发了迹，在市郊买下一栋大房子，有院子，带游泳池，挖出一个地下室做影音室，再挖了一个做酒窖。我们以前就来玩过，同学的父母没有忘记我们，这次也对我们大方招待，但是，同学父亲略有改变，小眼睛嵌在过度烟酒和满腹算计造成的肿眼泡中，眼神里有一种以前没有的内容。做客半天以后，我理解了，他不再把我们当小孩，他看我们好像我们是他儿子的小兵，他在估算我们的价值，正从中遴选一个不必出色但忠诚的人以后永远辅佐他儿子。我们在同学家混吃混住了好几天。

其中一天下午，我们在草地上拉开网子打球，接着泡进游泳池，后来我栽倒在躺椅上睡过去了。醒来时，伙伴们都从院子里消失了。在我面前，天空的颜色浓缩成深蓝色，仿佛白天的天空是由它稀释出来的，一片这样的夜空足可以稀释成一星期七片白日天空。从豪宅里投射出好几道灯光，照得外面局部明亮。一个舒服的夏夜，让人忘了以前，也不忧心未来，只要瘫在这张别人家泳池边的躺椅上，我不禁这样想，时间自动会把我送去某处的。

大学第一个暑假

但是忽然，我听到有人叫我的名字，连续清晰地叫了两次。我掀掉浴巾站起来，绕过游泳池，向院子里几株球型灌木走去，身上只穿了一条同学借我的泳裤，晚风直接吹遍身体。一个人从黑乎乎的灌木后面闪出来，说："别惊讶。"

我没听他的，我当然感到惊讶。"酋长。"我说，"你为什么在这儿！"

酋长头戴羽毛发箍，身披毯子，我也不知道我们谁穿得更怪异。

"我来找你。"酋长等我消化了一点惊讶，接着说，"因为一些事情发生了。"

"什么事情？你为什么……"我正在斟酌问题，主人在房子里拨动了一个开关，院子里好几盏灯同时打开，霎时照亮了我们周围。

这下我看清楚了，他的毯子上破了几个大洞，有些地方的料子快散开了，仅靠几根细线连缀起来，他头上的羽毛折了一根半，头发凌乱，面色憔悴。他往灌木后面退了一步，尽量藏在不大的阴影中。

我回到房子里，大客厅里传出他们的声音，我跑上楼穿好衣服,再跑到外面时,酋长已不在老地方。他在院子门口对我吹了一声口哨,等我走到门口,他在门外马路那边又用同样的一声短促的口哨轻轻引导我,我一走过去,他又立刻移动到了下一个地点。我们一前一后,在寂静的郊外社区的路上走了好几分钟,口哨声停止了。我原地打圈,茫然四顾,凭感觉转过一堵围墙,这才重新看到他。

"打断你的快乐假期了。"酋长说,他倚靠在墙上。

酋长向我诉说了暑期经历。

离开学校后,正像我看见的,他沿着公路徒步。他和族人都没有手机,为了几门规定提交电子作业的课,他注册了电子邮箱,但他的族人当然没有,他们不需要手机和电子邮箱,如果想联系某个人,他们靠某种精密的直觉,找到他,与他面谈。因为一个人,不论是活着的还是死去的,留在世上的线索其实多之又多,一条核心线索触碰到某件事物,那件事物也具备了线索的功能,它又能把周围的事物变成次一级线索,这种传递像点石成金,像热传导,只要感知能力够强,就可以抓住一条遥远而微小的线索溯源而上,去洞悉那个人。这也是我并未告诉酋长我有一个旧同学及其住址，而我临时决定来玩以后，他能找到我的原因。当他贴着公路的边上走时，许多由引擎和导航控制的铁盒架在橡胶圆轮上从他身边疾驶而过，别人轻松地乘在那上面，他并不羡慕，心情如此自然，相信族人就在前方。

那只是头一天。

走着走着，他心里灰暗了，不好的念头像明月般升上来，以后不管真实世界里是黑夜或白天，明月都未落下。第四天晚上，酋长偏离公路，他停在野外，靠住一块岩石过夜。他已经简单变装，换上了部落传统装束，羽毛仿佛接收信号的天线，羽毛下面，那颗丰满的大脑进行了一系列无法说明的测算和推演。大脑充分运行后，他向着黑夜陡然睁开眼睛，承认自己不行。如果族人留下的线索形状真的像是一些绳索，那么他感觉到它们每一条都在被反向捻开，原本组成一条绳索的数根绳线彼此分离、松解，组成每根绳线的纤维也一丝一缕地分散开来，那些绳索已经不再可靠，它们瓦解了，再也难以把握了。他想，一定发生了什么事情，导致本来应该牢固的线索变得微弱了。

太阳再度升起的同时，他也站起来，又迈步行走。他采摘野果,在法律许可的范围内猎杀小动物果腹。等到日落月升时分,他苦恼于依然没有头绪。他改变策略,花十天,每天走十六个小时,回到和族人告别的地方,回到他们一起读过信的大石头旁边,在那里他的兄弟们说过"阿鲁啦",姐妹们说过"噻鲁",大家曾经分享了喜悦。他由石头作为起点,开始新的一轮寻找。但是,他的族人好像抛下他,从大地上彻底蒸发了。

"所以,快两个月了,你就是在走来走去?"我问。我听见他疲惫地说了声对。

"抱歉,部落的事,我不了解。"我说,"他们会去哪里?"

"我们是阿史迈利丢噜耶嗒……"达到我的记忆饱和点之后,他又继续说了一会儿,直到把部落的全称说完,然后他安静几秒,像对它暗致敬意。他转过头以明亮的眼睛看我,并以绝对为自己所说负责的态度开口说道,"如果宁愿损失很多意思,硬要把它翻译出来的话,我们是'缩小的巨人,耐心守候在大地上,四处巡游,等待召唤降临,将一切奉献给它'。你可能觉得不明白,但相比很多种族、党派、群体的名称,这意思已经具体很多了,它描述了我们的一生。我最后想,只有一种可能,那就是在我不在场的时候,我的族人接收到了那种使命的召唤。在它召唤我们之前,我们也不知道它是什么,我们终身漂泊就是在等它,等到它出现,我们认出它,也就无条件地把自己交给它。很肯定,我的族人已经为它奉献,成为格里革斯。"

"你们等的使命是什么?"

"也许关于人类福祉,也许是别的,我不在场,没有办法详细地知道。"

我没有深究"格里革斯"又是什么。无疑和死、和献身殉难有关。我只是附和说:"原来那就是阿史迈利完整的意思。"

"阿史迈利丢噜耶嗒……"他不厌其烦又说起全称,"现在我是世上唯一一个阿史迈利丢噜耶嗒……"

说完这句,落单的酋长在不属于他的富人社区里,在某户人家的围墙外面自嘲地一笑。他现在既是部落成员,也因为是唯一的成员,而是一个真正的酋长。

我一时不知如何安慰他,错过使命,失去族人,在我的立场上并不能完全体会这种心情。"人生还长。"我憋了一会儿说道,"你别想那件事。"

"我没有。"

"好的。"

"我没有想过和你告别，然后去自杀什么的。"

"好的。"我说。

酋长离开了那堵墙，全身破破烂烂，大脸上是一层混合了多种内容的细腻表情，向我走过来了。"我会有很多事情忙，现在起要由我来继承我们的文明了，我要改良它，还要找人加入它。"

"嗯……"我说。

他仍然看着我。

"这有点难。"我现在知道他的意思了，他在找人加盟，也许和公司招募合伙人差不多。不过我从没想过要在荒郊野外走来走去，并且对未知的东西承诺，假如它今天降临，今天晚上我就要把自己奉献给它，这在我的人生规划之外。我还没有人生规划，所以更难了。

他读了读我的脸，似乎比我更充分地明白了我的想法，没有紧逼我。在夜晚他的牙齿那么白，他露出来笑了一笑。"我再去问问别人。"他说，"我们可能要很久以后再见了。万一你改变主意，你可以写一封信。"

"信往哪里寄？"

"信封上写：移动部落。"

"邮局找得到你？"

"有一定的送达概率。"

酋长的毯子擦着我手臂，他从我身边走过去了。等我绕过围墙，路上没有一个人影，一辆车子慢慢朝我驶近，中途滑进了自家车库里。

我回到同学家里，有个人坐在院子里另一张躺椅上，他晃了一下头，抬起来看我。是同学的父亲。

"你去哪里了？"他问我。

他是个难看的人，此刻脸很红，喝酒以后臭烘烘的，他好像是坐在这里吹一吹风。但他说话时没有发脾气的意思。

"有个人要辍学，来和我说再见。"我尽量说得可以被理解。我想多说点是没错的，如果你能不断地说下去，别人就更容易觉得你的话是合理的，于是又说下去，"他顺便告诉我他家里的一些事情，他家里有一个比较大的麻烦，然后他邀请我加盟，去修补他们的文明，他解释了他的文明，叫我去壮大力量。但是我想了想，先没答应，要是反悔就再联系他。"

"嗯，有点奇怪。"他说。

我还站着，我从他的肿眼泡中努力找他的眼神，判断是不是可以离开了。忽然他说："你以后就会知道的。"

"知道什么？"

"知道大概就是到这个时候，到大学头一年为止，后面就没有多少奇怪的事了。"他说，"后面都是很普通的事、很普通的人，可你们怪不了别人，你们自己会变得最最普通。你跟我儿子会碰到好事、坏事，你们才第一次碰到，但它们都在别人身上发生过了，都是普通事情，是复制品，等到你厌烦了，它们还在发生。真正的怪事就一件也没有了。"他声音越说越低，随后言尽于此却又不乏温柔地对我说，"你进去吧。"

我走到房子里，后来在客房窗口往下看，同学的父亲仍然坐在下面，他旁边是我下午睡在上面的另一张躺椅，游泳池波光粼粼，不远处是修剪得很好的球型灌木。

花园单位

他是从外地调来的。年初有场集团内部招聘会,初春公示录用名单,到春天正中间那几天,他将房子退租,在原公司办了离职手续,随身带两只行李箱坐上火车,邮政局再替他递送另几只箱子,两城间的迁移就完成了。

原公司情况一般,算上与他不合的旧上司,就有点糟。正是旧上司劝说他调动的。那天早晨,旧上司自一年多以来第一次正眼看着他,第一次用较为平和的语气对他说话,一下使他想起电影里冷暴力对待彼此的夫妇提离婚的情形。旧上司说:"喂,看到了吗,新放出来的岗位?那家公司的业绩在集团里属于中游,意思是工作不忙、福利不错,招聘职位还比你现在高半级。怎么样,像为你准备的,去试试看?去那里待着,比在我这里有前途。"光明正大地向他指点一条滚出自己团队的道路。他想,试一试没损失。他对原公司、对原城市并无留恋,因为本来就是告别了读书所在的城市,空着一双年轻的手去工作的,什么都还没创造出来,而读书的城市也并非他的家乡,就连家乡也早已不亲近了,这城那城,换来换去,都是脚沾两小片大地而已。就去新的地方看看吧。

"来,给你敲个章。这里再要敲一个。"

新公司的人事低头弄他的入职材料,发丝遮不住头皮。

人事坐在一张黑色皮革面的办公椅中,他猜椅子不比人事年轻,两者都有五十岁。人事的四周是一系列暗色家具,文件柜老旧脱漆,装不下的文件用绳子十字形捆扎,堆放墙角,已垒得很高。墙上有不少大头针,钉住了一些纸,上面印着曾经有用如今失效的信息,纸页张张泛黄破损,也没人取下来,它们和部分裂开的墙皮一起在墙上翻卷,像墙的鳞、墙的波浪或墙的木鱼花。

在人事的头边上,倒有样好看的东西。是一面窗。窗框从外面的树上裁切出一大块绿色的矩形,呈现给室内,春天使绿色明亮,俏丽的小叶子在矩形中活泼地攒动,百看不厌。他在等待中忍不住经常望着窗,枯燥的时间仿佛可以被它吸走因此缩短，又仿佛可以被它暂停因此可以不加理会。

"弄好了。"人事把一部分材料夹入档案册，其余放回牛皮纸袋，发现他偏离的视线，也跟着扭头去看。于是他从另一个角度观察到了人事的秃顶。看了一看，人事不无自豪地介绍道："我们这里是花园单位。"

"花园单位。"

"绿化率很高的单位，这个叫法有点复古吧？"

"现在的确不太听到了，反而觉得很新。"他点点头，笑了一下，多少决心在新地方留下好印象，又说，"比起机关单位、世界五百强企业、上市民营企业、创业公司，这叫法更有意思。"

人事部在一栋小楼的二层楼，他下楼来，在树下站站，接着就走到另一栋小楼去自己的办公室，一路上仿佛逛公园。他新入职的花园单位由许多低矮的小楼组成，同事们分散其中上班，小楼之间既有巨大的树，也有修剪出几何形状的灌木，有花坛，有几块草坪，有几条爬满藤本植物的长廊，廊下满是日光的碎影。报到后的头几天，他总有工作场景旋转了九十度的感觉，像是把原公司所在的写字楼推倒，倒豆子一般倒出里面的组织结构，它们散布到花园中，于是就成了新公司的模样。

办公室里有一个中年男人，还有一个中年女人，往后他们就是一个部门里的同事了。第三张桌子空着，他们告诉他，那是他的办公桌。第四张桌子被办公物品堆满，不见桌面底色，桌椅好像在发热，残留的工作气息源源不绝地蒸发出来，由此他以为桌子的主人在外面抽香烟或打私人电话，一天之后，他以为是休假或出差，但那人始终没出现，过了几天，两个同事告诉他，那是他前任的办公桌。

女同事邀他午间散步，用的是十分随意的口气，使他无法郑重拒绝。

糊里糊涂地跟她出了办公室的门，等他回过神来，已经走在春天末梢的花园里，走在连绵的树荫下，不知何时，衬衫的两只袖子挽到了肘部。他从没试过和年长十多岁的非亲非故的女性特意并肩散步，女同事有张长方脸，五官个个不美，头发朴素地剪到耳朵下面，但身体健康，动作敏捷，让他联想起高中体育老师，或是精神很棒的兼职导游。

距他来上班有半个月了,女同事问他两三个和工作有关的问题,他回答一些应付的话,但其实问的人和答的人对午休时间谈工作都缺乏兴趣。意思意思的工作话题后,女同事没有过渡地说道:"饭后不应该立即坐着,应该站起来走走,走半小时左右。"

"是吗?"他有点不安。

"为了提高胰岛素敏感性啊。"

"这道理好像以前听过。"

"饭后不要剧烈运动,但应该稍微活动活动,就能管理好胰岛素,进一步对控制血糖有好处,这样人才不容易发胖,尤其是腰和肚子那里。看到你这段时间中午总坐着,这不好。"

"中午嘛,因为懒得动。"他辩解道。

"我丈夫年轻时也很瘦,最近几年他肚子那么大。"她在随后的几个步子里仿佛在品味丈夫的肚子,又说,"不单是为胖瘦,主要是为健康考虑。"

"说得对,"他说,"要管好我们的胰岛素。"

她带他走了一条弯曲的路线,途经好几栋小楼,他们基本上行走在巨大的树冠下,有时会暴露在日光中,此时手边不是出现一小片树林，林中集合了姿态优美、色泽也多样的树，就是出现一座凉亭，顶上积攒着历年的落叶，接着他们又会回到大树的树冠下。他多次看到野猫出没，猫不怕他们，只是保持了自尊和警惕地远离他们，在舔身体、扑闹，或毫不避讳地直视人类。走着走着，总的来说是绕着公司里占地最大的一片草坪在走，草坪不是纯粹的草坪，上面栽着几棵花树，零星有硕大洁白的花朵绽开枝头，即使离得远也醒目，每次他的视线被建筑和植物遮断一会儿后，再见到它们，又会重新被它们吸引。他们走出了一个马马虎虎的圆形。

路上看到不少同事的身影，有一次，同办公室男同事的背影出现在前方，身边还有一个男人陪伴，两人靠得很近，脖子折向彼此，肯定在交谈，手部动作溢出了身体轮廓。女同事告诉他另一个是某部门的人，他听过后转眼忘了，只是想，原来男同事每天中午也来这儿，而且有一个结对子散步的朋友。过后，他又陆续看到秃顶人事，看到几个刚认识的同事，以及有待去认识的其他同事。有的人独自散步，一条小臂横放胸前，另一只手肘架在上面，以拳头抵住下颚，边走边不住地沉思；有的是两三人、三四人，在集体行动。

这些人时隐时现。他发现奇妙的地方了，花园中环行的人虽多，顺时针走的也有，逆时针走的也有，他们却没有与任何人擦肩而过。一次，有个同事朝他们迎面逼近，他以为双方必定得交汇了，但那人忽然一拐，转到了别处，等他走上前一看，路边枝叶摇荡，遮蔽了那人的背影。因为这里分岔的小径实在很多，脚下随时会蔓延出好几条，小径与小径缠绕，组成错综复杂的网络，谁都能找到一条私属的散步路线。

"你还想继续走走吗？"他们回到了自己的办公楼面前，女同事问道。

"不了，"他说，"我最好先上去熟悉一下新到的文件。"

"时间还早，我想再走一圈。"

他看到女同事一人更为自由自在地遁入了花园中，挥舞手臂，做拉筋的动作。

登上楼梯，开门走进办公室，男同事也没回来，四张办公桌如故，窗口吹进的风翻弄着最乱的桌子，它属于他的前任，自他到来后一直保留原样。竖耳倾听，左右和楼下的办公室里，也是一片寂静。

工作进入正轨。他这份工作真没什么难度，接收几家合作厂商的文件，填报一些资料，备注相关数据给其他几个部门，大体上做这些。因为用到不少缩写、简称，乍看有点唬人，其实一旦弄明白了，只要谨慎地做就好。他是一个无须动用感情的阀门，任由信息流进来，把它们分流，再输送出去。在原公司他干的就是阀门，他将自己拆下来了，现在换到一个新的地方装上去，继续当阀门。很快，他又一次认清了工作乏味的真相，而且没有办法。

一天中午，他在花园中走着，忽然有股气流从小腹上升，被胸腔压缩，由口鼻中快速吐出来。那是他对自己的一声嘲笑。他感到很好笑，怎么不知不觉中，自己也养成出来绕圈子的习惯了？像他这样的年轻人，本来不该青睐如此老气的事，第一次被叫出来的时候说实话他心有不屑，可好奇怪，散步会上瘾。

自嘲没有打乱脚步，他笑着，仍然走着。反正没人看到，他是一个人。女同事带他出道后，没再要求统一行动，使他舒了一口气。每天中午，同办公室的三人分别出门，各散各的步。他迅速掌握了几条喜欢的路线。说喜欢的路线，只是指一个大概，每次还要视情况、凭心情，做局部调整，一天天下来，没有两天的路线是完全重合的。

他喜欢这件事什么呢？可能是在植物之间走来走去，有一种经典的魔力，能叫人专注眼下，暂抛烦恼。或正好相反，走来走去会让人专注地想烦恼本身，想个透彻。以前有一阵子他喜欢做数独，把数字长时间在心中反复盘算，他感觉两者有共通之处。

他看到过路边某几处撒着褐色的小颗粒，放着盛水容器，知道那里是猫食堂，有同事定点喂猫。他去超市买日用品的时候，转到角落处的货架，在地上蹲了一会儿踌躇不定，他站起来问理货员，有没有小包装的猫粮？理货员问，什么猫？他说，不知道。理货员问，几岁呀，有没有什么病？他说，不知道。理货员引导他在货架上找到猫粮试吃装，像咖啡豆，每袋一磅[1]装。他在每天的散步路线上，另找了一个地方放自己买的猫粮，各种口味的猫粮都不是很受欢迎，从来没亲眼见到猫来吃，但放着会慢慢消失，怀疑被土地吸收了，或被路过的人踢进了草丛。不过，每隔几天喂一次猫，毕竟也是散步中可以做的事之一。

---

[1] 1 磅约为 0.45 千克。

这天他散步、自嘲、喂可能是虚无之猫，照例第一个回到办公室。意外地，办公室里有一个人。那个人坐在他前任的办公桌前，双手搁在桌沿，朝堆放的办公物品上来回看，态度非常自然。

他吃惊地"啊"了一声。来人站起来，走过来，表明了身份。是某合作厂商的代表。两人通过电话、写过邮件，见面还是初次。

"幸会幸会。"厂商代表说。代表有块明亮的额头，反射出日光灯的光芒，眼睛小而灵活，不怕热地穿着西装。

"突然看见你坐在那里，还以为是……"他抱歉地说，"忘了跟你约的是今天。"

代表拎出一个礼盒交在他手上。这是一个单独的动作，没有配上半个字。于是他也不出声地接过来。代表笑说："不好意思，每次来都这样随便地走进来，没有把自己当外人。"

"你是自己人，我才是刚从外面来的。"他说。两人哈哈一笑。

他们来到他的桌边坐下，捋顺一些工作上的事。这方面很简单，谈不久。代表业务覆盖范围大，和他原公司也打交道，顺嘴说了一些那边最新的八卦，他听着，不予置评。之后，忘了如何衔接转换，代表望望刚才坐过的办公桌，谈起他素未谋面的前任，两人往来多年，可以这么说，是半个朋友吧。一直说到男同事和女同事先后回来，代表又站起来，以亲切和活跃的语气与大家快活调侃，额头闪闪发光，这才完成全部社交动作，满意地离开了。

夜里看了半场球，两队踢得太烂了，浪费多少好机会，裁判也像半梦半醒的失明人士，偶然清醒过来任意判罚几下。他打开代理送的酒，喝了一个杯底，第二次倒了三分之一杯，也喝掉了，酒的滋味勾起几丝以前工作应酬时的回忆，那些人现在好吗？关上电视。洗了澡。他走出房间，趴到走廊栏杆上吹风。有人从走廊上经过，他们胡乱聊上几句，都批评今晚的球难看，新赛季令他们失望。

他原本的打算是，在公司宿舍落个脚，花一两周时间到外面找房子，但连看几间都不好，接着盛夏来了，懒得再奔波，封好的箱子一个个拆开，东西拖出来使用，用好后膨胀得很大，再也塞不回箱子，只好放进房间的抽屉和柜子里，又添置了新的生活用品，都在房间各处铺开来。

肯定一时搬不走了,起码等到天气转凉再说。并且,他想,宿舍条件还可以,这样住着也住得下去。

在他面前,夜里的花园像夜里的海,一大片横卧着,阴沉地起伏,叶浪沙沙响,风将隐约的香味吹散开来。他看到几处似乎立着灯塔,那是路灯,大约照出花园的形状。另有许许多多的小白灯,亮度较低,在花园中央闪烁,初看不明所以,后来他想到,是草坪上的花树啊。那花期可真长,最近几天又新开出一批花,白花胖大,密密地坐在肥厚的绿叶间,此时被月光照亮了。

他看着看着,发现除了路灯和白花,还有一点光亮试图加入进来。分辨出来了,是厂商代表那光滑的额头,代表的整张脸随之在夜色中重现,好大的一张,飘浮在宿舍楼前面的空气中,小眼睛每过一阵向两边一转。于是,代表同他说过的闲话也再一次回响在耳边,是关于前任的。前任的事也被同事们提起过,都是片言只语,不如今天听到的版本全。

代表首先说,前任是个好人。代表对前任的履历一清二楚,说得出他就读的学校与专业。前任的左脚跨出校园,右脚就踏进了这家公司,他在花园单位中成长,慢慢变老，而且好像自始至终都在同一间办公室里做相同的工作。要说他的特点嘛，没有特点，样子也很普通，工作风格也很普通。说到这里，代表又把普通换成之前用的近义词，是个好人。前任有一个妻子，家庭也没的说。有一个女儿，父女关系也没的说。前任一直就是如此，好相处，不用提防，是社会温良人士。这两年他开始变了，他喜欢中午长时间散步，回来时心情好转，乐观开朗几个小时，随即又消沉下去。渐渐地，他需要一天多次去花园，领导和同事默许他，他凭多年来的诚恳老实为自己争取到了一些宽容的对待。如果人们在办公室找不到他，可以去花园里找找看，在那里解决问题。他工作以来，天天勤于散步，也许是最了解花园中毛细血管般的小路的人之一，他可以把整个花园走透，所以同事们发现，他能否被找到其实是由他本人的意愿决定的。一段时间之后，他比较难被找到了，同事看到他的影子闪现在小径上、树木背后，拿着文件追着叫喊他的名字，他可能不理。得派出腿脚快、心思机灵的人去堵截，才可能成功。而当他现身办公室里的时候，仍是一个有求必应的老好人。前面说他样子普通可能是草率的，他长得唯唯诺诺，脖子比较短，喜欢点头，仿佛总在答应别人的要求,那就是他的特征。他在办公室里会点着头,对刚才的情况道歉:是自己走神了,没有听见。然而,下次一走进花园,他又变成奇怪的样子,一个越来越叛逆的老职员,躲避工作,和同事玩着可笑的追逃游戏。妻女来找他回家,同事们这才知道他常常夜不归宿,显然他对家庭的感情和人们想象的不同,他也在躲避家庭。看来日与夜,他都只为花园痴迷,但即使同事加上妻女凑成一支搜索小队,找到他的可能性也越变越小。见多识广的领导最后说,随他去吧,在人很多的单位里总有一两个怪人不是吗,因为单位就是社会的缩影不是吗?领导还说,现在拿他没办法,过不了几年他退休就好了,说着把工作分了分,匀给其他人,承诺尽快招聘新人来顶他。代表接着说,几个月前的一晚,对面小楼里有位同事极其偶然地在加班,隔空见到这里也亮着灯,只见他靠窗坐着,侧影似乎显示他在追赶工作进度,或是在整理办公桌,那位同事事后说一时觉得安心,以为他迷途知返了,但当同事从自己的工作中再次抬头,举目一望,灯火仍旧通明,人却不在窗子里了。这就是他留给别人较为清晰的最后印象。从此大家没再和他正面相遇,但相信他不管白天还是黑夜,就在花园深处打转。

回想今天中午，厂商代表大概说了以上内容。代表半透明的脸从空气中隐去了，他面前又只见如海的花园。

他往故事的两头再想，为那晚补出一些画面。完整情形大概如此吧：

等到下班的同事们纷纷离去，前任从暮色中的花园里走出来，回到办公室，暴露在窗口的侧影使人误以为其回归了工作。但前任可能是来稍事休息的，或者回来是为了做一个最终判断。不久之后，前任站上窗台，不假思索地往空中一跳，先往上，然后呈抛物线坠落，他不年轻的身体尽可能绷直，花白的头朝下方，双臂伸过头顶用力夹住耳朵，双手并拢，像跳水一般跃入了小楼前方的叶海。前任没再从黑黢黢的树的海洋中浮起来，而是手脚连番划动，潜泳到了谁也看不见的安全地带。

到这里酒意稍稍消散。他去睡了。

不过后半夜，他又醒来一次，房间里的空调关上热，打开则嫌吵，他穿着T恤短裤，重新走出房间，踏出宿舍楼，一直走到草叶子钻进拖鞋。他在花园边缘站了几分钟。自然风融合了多种事物的声音，一种鸟、几种虫、树叶、草、猫、某处没关好的窗。此外还有一种声音,他认为是一个人念念有词,仔细去听,说的不是日常的话,像外语,像外星语,在黑暗中飘忽不定。

重遇旧上司是在集团大会上。

各家公司派出相关人员出席了会议。最后一项议程结束,人们离开座位,但仍停留在会场,旧上司戴一条饱和度很高的蓝领带,和周围人积极交际,人群中一眼可见,多像一只胸口有艳色羽毛的自信雄鸟,向各方向啁啾。他第一个念头是回避,但他马上怪自己:心虚什么?集团开会的地点选在一个旅游业和金融业发达的城市,既不是他原公司所在地,也不是现公司所在地,这里是第三地。他想到,时间上,不再是上下级关系的那时候了,地理上,也不是谁的主场,此时此地自己和旧上司是完全平等的人。

他在会场显眼的地方晃动,用视线余光捕捉旧上司胸口的蓝色。蓝色在左边,在右边,被遮住了,离得远了,又能瞄到了。在这个过程中,他像一个久别重逢后检验出自己余情未了的人。然后就如同出车祸一样,旧上司带着那团蓝色猛然撞到了跟前。

"你很忙啊。"旧上司上下扫视他,奚落他。

"不,这些人一个都不认识。"他也把鄙夷挂上脸,打圈一指那些旧上司刚从其中周旋出来的人,"我自己管自己,还没和谁说过话。"

"那你为什么不和人家谈谈,把这当成工作内容嘛。"

"看不出来任何意义。"

他们都小幅度地转身,旁观来自同一集团的人,所有人都在捉对社交,有些人能从中捞取好处,其余人纯粹在浪费时间,而其中最不聪明的人受到迷惑反以为是在度过充实的片刻。然后两人又看向对方,虽然他们都否定对方,却也觉得对方比起周围人要亲切一点,起码可以诚实对待,七八个月没见了,外表上细微的变化很值得看看。

不幸,他没看出旧上司过得不好,年长自己几岁的旧上司脸上皮肉绷紧,过大的下颌骨刻写出一贯的力量。接下来,他们相互为对方开路,说了一些"抱歉""让一让"的话,一起挤着挤着,从热闹的位置退到会场的边边,站在靠近门的地方。

他们谈了谈各自公司的情况。旧上司说他新招了两个年轻人,着重夸奖新人精力多、有竞争意识、给他惊喜,并且谈到未来几年的行业趋势、个人的职业打算。他评价花园单位环境不错,组织结构是扁平状的,没有多余的指手画脚的人,大家照样把活干好了,大家还注重健康关心胰岛素。当然,也聊了聊冲突性不太强的话题,说到收官在即的超级联赛,说到时政新闻。

这时候,大会会务组的工作人员现身,上台碰了碰话筒,大家都停下来听。工作人员通知大家,几辆巴士等候在场馆外不同的地方,将分头送各位去火车站、机场或回酒店。所有人几乎都是前一晚到达的,现在正事办完,就要各奔东西了。

旧上司突如其来地呼唤了一声他的名字,这是很罕见的,引他凝望过去。"你要去哪里?"然而旧上司只是询问。

"火车站。"他说。

旧上司的笑意中稍带讥讽,并未明确说出自己的目的地,但表明和他要走的道路不同。

急着去乘巴士的人走出门口,他被捎带在人流里,既像不经意又像是拼命挣扎着转头去看,和蓝领带之间已经隔了那么多不相干的人。

在深秋，很容易判断一个人在花园中待了多久。

叶大荫浓的一种乔木在夏天的尾声中落下叶子，花园里栽有大量这种树，必须叫来工人，用鼓风机把落叶吹成堆，装袋清运。不等完成此项工作，树上就开始长白色绒毛，也掉下来，随风飘荡，成为标记物。散步回来，人人身披一层细小的发着微光的绒毛，散步越久，身披绒毛越厚，走进室内以前最好拍打全身。

他听说飘毛期会持续三到四周，但没发现任何同事中断散步。一些人竖起领子，遮住口鼻。少数气管脆弱的同事戴口罩，假如是两三人同行，一边缓步行走一边在口罩后面说话，如此倾谈保密内容再安全不过。绒毛造成光线漫反射，在飘毛期，放眼一望哪里都泛着白蒙蒙的光，公司被神秘气氛笼罩。

就在这时他清楚地察觉到，累积的散步里程开始发挥作用，曾经走过的小径在头脑里融会贯通了。不用他刻意思考往哪里走，每天中午小径粘住鞋底，牵引脚步，一条小径把他交给另一条，仿佛不是他在走，是花园在他脚下滑动。他也如愿喂上了猫。他往往带一只塑料盒子，走到新发现的有猫出没的地方，一摇盒子，里面的猫粮哗哗响，猫就闻讯赶来。猫肯来吃，主要是因为接受了这个常来常往的人，并不是说在园子里找不到吃的。但他谈不上真的爱猫，当大猫小猫正在向他飞跃着跑过来时，他往地上倒好几摊，很可能先走了，也有一两次留下来坐在石凳上看它们吃，一般是不怎么照管它们的。

他拿着塑料盒子时走时停，有一个问题始终盘踞心头：

你要去哪里？

这是旧上司的问题。

他当时脱口而出，火车站。事后他懊悔没能回答得更好。旧上司莫不是在询问他的人生方向？要不然在听说火车站后怎么露出那种讥笑？那么最佳答案、高级的答案该是什么样的？

他想着，走着。有时觉得最佳答案或许是：

你呢？

以提问代替回答，这下连旧上司也会应付不过来吧。人们光会问，几个掌握了答案呢。

但要是不管最佳和高级，老老实实地回答呢？他继续向内心做了更多次的提问：我要去哪里？要去哪里呢？他承认，虽然是在不停地走，却真的回答不出来。

等他走了一通,想了一通,回到办公室,双肩落满白色绒毛,像是脑中的疑惑洒了出来。他逐渐比男女同事都要回来得晚了。当他推门走进办公室的一瞬间,好几次看到了男女同事交换眼神,紧接着他们转过肩膀,对他流连花园装作不在意。

到了晚上,他思考更具体的问题。它们是白天大问题下面的二级问题。

他仍旧住在宿舍,下班后离开办公楼,来到花园单位里紧邻围墙的一个角落,宿舍楼就在那里,五六个单身同事静悄悄地住在里面。宿舍房间的窗口统一朝着公司外面,隔墙是不甚发达却也舒适的城市街区,走廊那面朝向花园。他缺乏再找房子的动力,因为天凉后用不着开空调,宿舍也就没有缺点了。当然,他每天都在想,最好还是搬出去住吧,想办法把一份比较好的生活弄到手,一种具有更多热情和希望的,物质与感情全都充实的生活。

但能构成那种生活的材料,是什么,在哪里?说实话他一样也没有,也找不到。他是一个身无长物的年轻人,有的仅是简单的工作、贫瘠的社会关系、一间宿舍、一大片公用的花园、几只公用的猫。

所以在深秋，他习惯沉思。

一晚，他躺在床上翻了半本杂志，又爬起来往窗外看，然后来到走廊上。

以前同他聊过球赛的宿舍邻居早就静静地站在那里，身体趴在栏杆上。邻居转过头，无声地龇出白牙，手指外面。

他看向外面，今晚又是一颗好月亮，底下却不是阴沉的叶海。月色下，大树的绒毛在半球形的范围中浮沉，熠熠闪光，花园被它充满，被它均匀照亮。原来当晚正好是飘毛高峰期，他从没见过这样的景观，花园像一颗很大的下雪的水晶球。两人不做交谈，保持同一姿势观赏着。片刻后，邻居回房去了。

他再看一会儿，走下楼，向花园长驱直入。

一走进去，他不禁弯腰咳嗽，咳嗽声以他为圆心扩散成一个大圈，而后湮灭了。咳掉最早吸进嗓子眼里的几簇绒毛后，他适应了有杂质的空气，再怎么吸都不碍事了。密雪般的绒毛，也往他视线中添加很多噪点，但什么都能看清。

他看到一只白猫快步避进不远处的草丛。他认得这只猫，是他的食客之一。他不喜欢看猫脸，但听说天下的白猫都是美丽的猫，所以曾有一次特别端详它的脸，只看了一眼，他马上把视线调开了，还是不喜欢看。现在他走了几步，来到白猫藏身处，稀疏的草在摇，里面没有猫，一条长而细的路由脚边延伸开，斜插进前方树林中，他赫然看到白猫正在路的尽头，屁股坐着，一对前腿并拢立着，尾巴左右抽打地面，悠然望向林中。即使它掌握由草丛至路尽头的捷径，并且动作快如闪电，也绝无可能那样快。

三个季节以来，他第一次怀疑其实有两只相似的白猫。他误以为是同一只，那是他不够了解猫。不对，是他从不认为有必要区分它们，他对第一只看第一眼时心中就已生厌了，再也懒得细看。这又使他想到，自己身外的力量，比方说命运这种东西，是否也是这样看待他们的呢？他们指的是日常在花园里打转的所有人，那种厉害的力量也许觉得所有人都一样，所以从不耐心照料，只马虎地摆布他们。

白猫站起来，没入林中，他走过去，又失去它的踪迹。他按照猜想的方向走，穿过树林，又经过凉亭。此后三番四次地看到白猫的背脊一晃而过。不断沾上身的白色绒毛好像令猫的体积逐渐变大。不过这回他谨慎地想，或许出现的是第三只甚至第四只相似的猫，它们正接力把自己引向什么地方。

猫以外，另一样东西也向他释出导航信号，和上次听到过的一样，是一个人在念念有词。他朝着花园中心走去，那声音由缥缈到确实，逐渐可以听得很清楚了，说的不是流畅的话，是将字母和破碎的字词强行拼贴起来的话，似乎蕴含了深意。

"喂？谁在那里？"他说，意识到此刻自己对着花园中心的整片草坪发话。

草坪上盛开整个夏季的白花终于衰败了，花瓣萎缩成褐色的薄片，有些依然挂在树上，那意思是绝不想掉下来。人们不容易看到这几棵花树的树干，因为密密的藤蔓攀附在上面，在树干外面织出一层牢固的包装。这儿好像真的是导航的终点，草草一数，多达六七只猫坐躺在草坪上，毛色有白也有花，白的有好几只，根本辨不出刚才谁是领路猫。这儿像猫宿舍，全体猫肢体松懈地歪着，但都用敏感的眼神留意他。

那声音没有回答他，静了一静，又支离破碎地念自己那一套。

他走上草坪,环绕最近的一棵树走了一圈,而后换一棵树又走了一圈。那声音不绝于耳,喃喃自语。但在两棵树背后都不见人影。他又问:"谁啊?是谁!"在月光下,置身于好像变浓的漫天飞舞的白色绒毛中,连问几次。那声音每当他提问就住嘴,一等他住嘴就又继续说起来。

忽然之间,他心里一清二楚了,所以僵立在两棵树之间不再移动。那声音在说的是他的工作内容啊,没有什么深意,就是行业术语,是每天处理文件时他会用到的缩写和简称。什么人在大谈他的工作?是他的前任。

前任数十年来在花园中兜圈,随身背负自己乏味的人生,对工作也好,对家庭生活也好,感觉麻木和缺少热情,假如不能忍受也许反而有改变的动力,偏偏是能忍受下去的程度,痛苦是淡的、平的、温和的,是在那头找不到施害者的,于是就只好忍受下去,散步犹如一剂麻醉品,可以提供短暂的快乐,徘徊复徘徊,也想从中盘算出一点办法,寻找一条新的道路。但是,前任最终失败了,将自己困在了这里。而且无趣使其谈不出别的内容,每到夜晚发出的呓语,都是关于工作。

他是如何知道这些的呢？从人们一样的行动上能够反映出相似的思想，由于他是一个在散步方面的后起之秀，消化擅长散步的前辈的思路，应该是没有问题的，他自然而然就是知道这些。

猫对他叫了两声，他转动僵硬的脖子，众猫之中站出一只大花猫，是它在叫自己。他眯起眼睛，出手挥开眼前越飞越多的绒毛，见猫往一棵树下走，那棵树几乎长在草坪中心位置，树干尤其粗，藤蔓植物将它缠裹得更加壮硕。猫回身又看他一眼，确定他还在看自己，就面朝大树直立起来，身体拉得很长，粗尾坠地，往藤蔓上磨它两只前爪。刮擦声和前任读术语的声音不协调地混合，他四肢的皮肤上泛起更多的小颗粒。其他猫都看着这只猫，也不时地看回他。

猫把那里当成猫抓板？他奇怪地想，怎么回事，猫还叫我看？

但是随着疑惑，恐惧同时由脚下升起来了。他确信，等猫抓破藤蔓，在藤蔓和树干之间将出现前任的脸，破洞更大些，将暴露前任整具身体，白天在园中神秘游荡的这人正以站立的姿势在藤蔓下闭眼酣睡，如厂商代表所言，架在短脖子上的头一点一点，仿佛还在答应现实世界中人们的请求，嘴巴张张合合，无意识地吐出行业术语。

不，他不想看到和听到这些。

就在这时起风了。

风由花园外吹来，盘旋接近中心。风忽而左忽而右，每绕行一圈就离人和猫更近一点，风声干扰了其他声音，突然他不得不抬手捂住口鼻，因为切入草坪的风卷起漫天飞舞的绒毛朝他猛烈挥击，柔软的绒毛硬如砂砾。他顾不上再管眼前事，瞥见众猫也就地散去，磨爪子的大花猫已从树下消失了，看不清它把藤蔓弄成了什么样子。他摇摇晃晃，眼前黯淡，拨转身体就往外走去。花园的地形牢记心头，不需要怎么辨明方向，他弯腰弓背，穿树林，踏小径，走着走着，一瞬间感到周遭压力骤然减轻，原来是自己穿破绒毛结成的屏障，走出了花园，此刻又回到了宿舍楼下。

从第二天早晨起，飘荡已久的白色绒毛逐渐落地，形同积雪覆盖花园，工人用扫帚不停地清扫，将它们处理干净。

他对照文件，往电脑系统里敲进一些数据。没干多久就干好了。退出系统，文件收进文件夹，他打开网页浏览了一会儿新闻。男女同事也在安静地工作，自主把握休闲节奏。

靠近中午的时候，女同事打了一通电话。

"你儿子？"女同事挂上电话后，男同事问她。

"在家里，正在遥控他写功课，不然会瞎玩一整天。"女同事说。

"几年级了？"他问，他听过的但是又忘了。

"在上四年级。"男同事替女同事回答。

男女同事交流了一阵子父母经。男同事也有一个小孩，现在是寒假，得给小孩安排好学习和生活，很操心啊。但两人的操心中也有一种事该如此的豁达和乐观。他自己无话可谈，他想，前任要是在场就能加入讨论。

午饭后，他往塑料盒子里补充了猫粮，来到园中一处，举在胸前左右摇晃，哗啦哗啦，声音很有穿透力。不一会儿，大猫小猫，白猫花猫，来了几只。也许有那晚的领路猫，有磨爪子的揭发猫，有其他做气氛的群众猫，可是又再度难以分清了。猫看久了比以前有趣，他留下看它们的时间也比以前长。猫和他的关系表面上没有变化,猫曾想对他揭示真相,没有成功,也就不再提了。有时,个别猫吃着吃着,口含猫粮扭头看他,仿佛在猜疑这个人的心意。每逢这时,他避免看猫脸,把头转向树上草上。

冬天,少了大量树叶花草,花园在灰色天空下露出它的骨架,是庞大和精密的。同事相互间更容易看到,但大家讲默契、发挥技巧,如同一颗行星的众多卫星,独立运行,不会相撞,在转圈中舔舐各自的烦恼,思考各自的问题,管理各自的胰岛素。有好几次,他带着难以言喻的心情又走到花园中心,去看那棵夏季会开出耀眼白花的大树,只见藤蔓的茎干上布满深深的抓痕,每三四道一组,共有许多组,已经结成瘢痂,把猫那晚的行动保存下来,他在附近抚摸和推敲,寻找藤蔓上一道可能的暗门,没能找到。

之后又到了春天,毛茸茸的小叶子长回来了,在秃顶人事的窗口,在他和男女同事的窗口,都再现了与去年相同的风景画。夏天,白花又开,万蝉齐鸣。秋天,气温一跌落,绒毛骤起。然后又到了冬天。

其间,宿舍邻居,他经常见面却从未深谈的年轻人先搬出去住了,随后他也搬到了公司外面一个小房子里。他由同事介绍过两回女朋友，又参加了一次集团大会，他还是做同样的工作，慢慢有了一个小型朋友圈。他喂的猫变大了，而后又变小了，因为大猫离开和死去，长相一样的小猫出生了，顶替上来。每天中午他都去花园，一天之中他最期待这一刻，当他绕圈走起来时，止不住地思考从前的老问题。但他控制自己不要过量散步，不要太投入地散步，以免引起同事的注意，以免俯瞰花园的某种力量将他和前任错认成同一个人，从而对准他降临相同的命运。

　　白天和黑夜，没人再见过他的前任，但人们相信前任还滞留在花园中。前任的桌子一直保留到法定退休年龄，这之后，像对待花园中的落叶和绒毛，人事和行政将它清理掉了。

漫步者

一天，城市中不该动的一样东西动了动。

当时有六七个人亲历其境，以为是地震，他们勉强站住脚，可腰部以上的身体控制不住地摇晃，为寻找平衡，手臂在空中乱挥。

晃动持续了几秒钟。

这六七个人逐渐把手臂收回身侧，看向四周。以蓝天为背景，远近高楼排列分明，阳光照出条条浓重的阴影，并用同一个角度将它们抛射出去。看下方，一条马路垂直于另一条马路，马路中间车流滚滚，两旁有一些行走的小人。没有任何一个地方传出叫人惊慌的信号。

只有这几个人发觉异常。这几个人当时正走在一座过街天桥上。

它是一座外观朴素的天桥，没有多余花样，主体是一条平直的空中步道，两端各伸出两条楼梯，一共是四条楼梯，像四条腿，斜插进由相互垂直的马路划分出来的四个象限中。要不是站在上面的他们集体得了癔症，那就是刚才天桥真的晃动了。他们赶快走起来，尽早离开为妙。

其中一个人步步戒备地走下楼梯，由于他生性敏感，发现脚踩在不平整的地面上。他每天经过路口，对周围环境了解细致，知道每当走下天桥再走几步路，地上有一处透水砖没铺好，雨天踩上去底下会喷出小股积水来。现在他第一步就踩在那上面，因此怔住了。天桥是真的晃过一下，而且在晃动中，它用自己的楼梯腿向旁跨越了一步。

反过来说才对，它向旁跨越了一步，引起了刚才的晃动。

安装在马路边上的交通监控系统捕捉到了那一幕——

一开始，这座天桥和其他天桥同样可靠地跨在十字路口。但在那时，突然出现一个征兆，类似有的人说话前会清清喉咙或者眨一下眼睛，这座天桥从身上的哪里流露出一种非具体的神态来，紧接征兆之后，四条布满楼梯的腿分别动了动，以前是人来使用，现在换成它自己使用自己，它好像还没决定使用的先后次序，所以抬起一条又放回原地，试着抬起另一条，然后试试第三条、第四条。

倒回去，慢速再放一遍。交通部办公室里，围住一台电脑看视频的人都笑出了声，它很像一只踟蹰的节肢动物。他们再往下看——

天桥想好了如何安排四条腿的行动步骤，一，二，三，四，它依序抬起和放下它们，于是移动了。不能算太成功，桥身直往一处倒，上面还有几个摇摇欲坠的人呢，它赶快在另一个地方用劲，终于掌握了平衡。然后它回到了一动不动的状态，仿佛在回味刚才，仿佛在总结经验。

这就是天桥迈出的第一步，约有两米远。

这件事既然发生了，先被交给交通部的几个科室，交通管理科、建筑工程科、抢险科，共同处理。但是各科室表态如下：天桥不是交通工具，也不是行人，不属于自己管理的对象；不论桥身还是楼梯都是完好的，没处可修；此时它不危险，要在它恰好发生危险时前去抢救。因此可以用减号把几个科室相连，得出它们协作的效果。

交通部仅在四个楼梯口挂上四块同样的牌子，禁止行人使用它。

牌子上写：故障！小心！

天桥突如其来地第二次迈开脚步，时间是几天后的凌晨。

那时，夜星高悬天空，路上行人很少，车流形成几条稀疏的虚线，天桥带着四块警告牌出发了。起初几步仍走得不大灵，不过它按照一定的原则走路，也就是每次只将一条腿抬到空中，等落地站稳，再抬一腿，并沿马路直线行进，这样它可以专注于处理少量难题。

走到下一个路口时，它已经走得顺当多了。再走一段路，它又进步一点。几个小时后，晨曦破开云层，斜刺入人间，醒来的人们像抵达一个新的梦境，目睹以前文静的庞然大物在路上缓步行走。

天桥每次走出建筑物制造的阴影地带，就以身披霞光的威风面貌示人，四腿叉开，两腿在左，两腿在右，周身的金属栏杆闪闪发光，中间的躯干高高地拱在马路上方，容纳汽车和行人从底下安全通过。等它进入下一片阴影，人们的注意力被它沉闷的脚步声吸引，脚步声的下面，地面轻轻震动，脚步声的上面，还挂着四串零碎的撞击声，那是固定警告牌的链子弄出来的。然后它再一次出现在阳光下，四腿此起彼落，步态又比之前更轻松。

到了这时，一般的情况它都能应付了，碰到新情况，它则停下来思索。它掌握了转弯，还有倒退，假如遇到障碍它就倒退，在路口转弯再觅新路，不过由于它前后两面是一样的，倒也说不上它什么时候算是前进，什么时候是在倒退。

其中一次，它与另一座过街天桥狭路相逢。对方和它的样子稍有两样，体现在斜腿与地面形成的角度上，在楼梯的级数上，在桥身颜色和建筑风格上，在防护栏杆的疏密程度上，当然，也体现在姿态上——和它一样高大的对方岿然不动，迎它走近。天桥走过来了，之前遇到这种情况，它都选择撤离，但这次走到无法更靠近时，它拿不定主意了，原地踏着小碎步。最终它抓住勇气和灵感，决定行动了。它往前方极力伸展两条前腿，像猫科动物伸懒腰一般，陡然降低了自己前半个身体的高度，同时往前挪动，一半身体通过了，它再伸展两条后腿，一点儿也没擦碰到，全身就从挡路的天桥下面钻过去了。成功地立定后，它稍稍拧转桥身，似乎做了一个回眸的动作，赞叹自己的成就。

此后再没有为难它的路障了，它时走时钻，顺着横平竖直的马路，一曲一折，一曲一折，慢慢走出了由人类建造的高楼阵列，走到较宽松的地方。后来当太阳高照，它和楼房的黑影都在脚下越缩越短，这时有人看出来，它前进的方向应是郊外。

"奇怪！"他手搭方向盘说。

一路上他说了很多次奇怪，指的是各种事。

首先当然指的是出外勤。他和搭档早晨一上班，就收到了接听夜间热线的同事下的外派单，是一桩投诉，要求他们去现场察看。他是新兵，搭档资历稍深，他们把工作帽扣在头上，开车出来了。出发时，他首次说了声奇怪，因为这和他们的工作内容不相符。他们是环卫监督部门，管理街道上的垃圾，纠正乱抛垃圾特别是大宗垃圾的行为。而天桥的目击者打进热线，要求他们制止走动的天桥。当时接线员听清要求后，说"不受理"。目击者没有说出任何有依据的话却毫不让步。接线员又说了数声"不受理"和"没办法"，但最终仍是妥协，在单子上写上事由：乱扔建筑类垃圾。由凌晨直到上午,各家热线都接到了目击者来电,很多人不仅报警,致电交通热线,还打给环卫、医疗、噪音、游民收容热线,因为吃不准应该打给谁,就把知道的都打一通。

他和搭档开车一转,很快找到了肇事天桥,几乎在同一时刻,其他部门派出的执勤车辆也从各个路口冒出身影,这些车担负不同职责,车型不同,颜色也是五花八门,汇合成一支综合性的执勤车队,大家不紧不慢地跟在天桥后面,谁也没有轻举妄动。

现在又使他开口说奇怪的是这样的状况:随着天桥走出城区,他发现车队在瓦解。

不断有车辆逃离队伍,有的转进了分岔的道路,好像是准备和其他车打配合战,自己从岔道赶去前面堵截天桥,但是从此以后再没出现。有的车由车窗内悄悄伸出一只手,取下了吸在车顶的警示灯,而后越开越慢,拖宕在车队尾部,直至消失。大家都溜了。

"不奇怪,这个事大家都不知道该怎么管。"搭档说,"你开慢点。"

天桥走上一条空旷的郊野道路,只剩两辆车了,天桥任由它们跟着。

他和搭档一直留意着另一辆白色轻型客车，认出那是游民收容车。可能因为车大，溜走会比较打眼，可能是之前被夹在车队中心位置，溜不走，收容车陪垃圾管理车留到最后。两车长时间慢速度地齐头并进，谁也不比谁超过一点儿。在消极角力的过程中，他和搭档多次转头去看对方驾驶员，从侧脸看，就是个平凡的人啊，是个没法子在狡诈局面中赢得利益的人。他们又得到充裕的时间去观察车后座上的乘客，在早些时候车上已经接到一个流浪汉，这人双手环抱一个大包袱，乱发中有张茫然的面孔，转过来，眼睛无望地与邻车两人对视，要等兜完这趟风，这人才可以被送去安置点。

又向收容车连看几次，他加速往前了。

收容车在后视镜中缩小，他们放过了它。搭档冲着平淡的乡间景色讽刺性地一笑，却没出声反对。"它是我们的桥了。"搭档过了一会儿说。

天桥采用那种很会走路的人的走法，四腿协调，看着动作不快，实际效率很高。他们稍稍加速，此后车与天桥始终保持约五十米远。此间极为僻静，难得再遇到过往的车辆。

"要再近点吗,你觉得它有危险吗?"他说。

"行,就这样开。我觉得它的表现还可以,不过谁知道呢,就像现在的人看着还可以,但是突然会暴走,做出的事完全是……"搭档没有认真往下说,掏出小相机,忙着朝它连续摁下快门,这是他们外出执勤时每次必做的,对被投诉乱扔的垃圾拍照存证。

"开'运动模式'。"他提醒搭档,紧跟着他往前伸了伸脖子,问道,"它在干什么?"

他们看到天桥的脚步在变花样。

之前它一步步走得熟练而老实,此刻它活跃起来了。它像表演盛装舞步的小马,连跑带跳地做出类似斜横步、空中换腿、伸长跑步等动作,它明显不再以走得稳为追求,而是玩耍着四条腿,寻找它们搭配起来实验新颖动作的可能。他们都体会到它快活的情绪。

"它这样子……好像在玩?"搭档并不太确定。

他们继续看它,都在想,无头的天桥是靠哪里在思考呢,它究竟又在思考什么?是不是有类似中枢神经系统的那种东西指导它的行动?但是,他们也都模模糊糊地想到,用不着以常见的道理去研究这种事，人类从根本上说也是种怪物，不信你去看看人每天出产的垃圾，就会承认人的怪异是一切之首，真没什么资格说其他事物怪。

天桥像小马似的漂亮地行走，片刻之后又改为精明地游荡，又改为懒散地漫游，又改为仿佛它一边听着进行曲一边朝气蓬勃地前进。随后，它首次改变了桥身方向，拧转了九十度，桥身从横跨道路变为与道路平行，以前一直算在横行的话，现在开始它采用更为优质的直行方式，它完全像一只身形很长的大动物了。它加快了步伐，紧跟着跑起来，由小跑渐渐加速。它的动作舒展有力，前面两腿与后面两腿反向打开，再往中间聚拢后蹬地，这样的腿部动作每做一组，总有半秒钟时间全身潇洒地腾跃空中。它一心一意地这样跑，金色的阳光透过树叶的空隙往桥身上打出许多圆形光斑，它像是——他想到，他的搭档也同时想到——像一只豹。

"快！"搭档说。

不等搭档催促，他已加大油门。但是天桥在前面发足狂奔，距离飞速拉开了，突然它向路边树后一跃，顿时枝折叶散，树丛破开一个洞。乡间马路上恢复了惯常的平静。

垃圾管理车绕行了好大一个圈,下到一片荒地,轮胎吱吱嘎嘎地碾在碎石上,最后停下来。踏出车外时两人都有点喘,好像不是坐在车里而是亲自跑来的。这里是城市最边上,他们从前都没来过。他们背对着马路和那个洞,一丛一丛黄色的草挨在他们腿边,草最高处有两岁幼儿高,总是从同一个方向吹来的风把它们作为一个整体吹着,它们统一地歪斜,草丛之间偶尔蹿出几棵瘦长的尖顶的树。再往前,是一片小水湾。再往前,是一片遮断更远处风光的树林。近处的树与林中的树是同一种树,像是过去某一天,这些树没在规定的时间里涉过水湾走进树林,魔法之门关闭了,就此被零星地定格在这一边的荒草地上。

如小马如豹子般奔跑着甩开垃圾管理车的天桥,伫立在草丛深处、不到水湾的地方。

"它倒蛮会找地方。"搭档评价。

两人捡着草丛中的空地,拔脚走向天桥。"它怎么挑这里?这地方用不到过街天桥,到处可以随便走人,而且也根本没有行人。"他说。

"也许它就不喜欢当天桥,也许它走这么远是为了躲起来、逃避本职工作,它不是个称职的天桥。"搭档摘下工作帽扇了扇,驱赶到处飞舞的一团团小虫。

"原因可能更简单,"他说,"它就是想走走。"

"你说得对,人闷的时候都喜欢走来走去。"

"还可能,它得了抑郁症,城市容易让人抑郁。你听说过双相障碍吗?没有吗?不,你肯定听过,就是人一会儿情绪激动,行动力非常强,转眼间不感兴趣了,抛开一切麻木地待着,激动和麻木,轮流出现,就像它这样。"

"它是在逃避工作、觉得闷,要不然就是抑郁症,是你说的双相……"

"双相障碍。"

"逃避工作、觉得闷、双相抑郁症。"搭档梳理着想法,"肯定占了其中一条。"

边走边说,有一刻,恰好走到天桥与车子连线的中点,他们不约而同地回头看车,仿佛那是家乡老房子门口目送自己的妈妈,接着他们又往前走去。他们抵达天桥的一条腿下,它完全没有人类运动后喘息流汗的样子,平静而且干爽,而且装出久已站在这里的老资格。他们绕它一圈,搭档从不同角度取景又拍摄了几张照片。在走过来的路上,他认为天桥的一条腿站得有些散漫,斜伸得更厉害,破坏了整体的对称性,来到实地再次研究,四条腿的差别却不大,警告牌早在路上跑丢了三块,仅剩的一块系在他看出问题的腿上。故障!小心!那牌子上写。

"差不多了吧。"他说。

"行了!可以交差了。"搭档用腋窝夹着帽子,两手捧住相机,来来回回地翻看照片。

这以后他们再一次穿过黄色的草丛,搭档脚步不停,而他忽然听见背后的草丛里有神秘声响,如有动物在移动,就独自回头一看。他明确地看出,天桥微调过姿势,它收好了放歪的腿,并赶在他回头看自己前又不动了。它此刻端正地站在荒野上,空中横着一条平直的步道,四条长楼梯没入草中,它个子很大,它在这里是个完全无用的大个子,可它也不替自己的样子辩解。

两人驱车赶回办公室,往桌上一瞧,很庆幸没有新的外派单。他坐下来开开电脑,挑些搭档拍的照片附在一个文档里,在面积挺大的一栏里按要求填写执勤经过。当填到最后一栏"处理结果"时,他问搭档怎么写。

"已处理。"搭档说。

"就这样?"他说。

"就这样。"搭档肯定地说,"有人再打电话进来问,接线员就会调出你这份文件看,然后告诉他'已处理'。那人要是问'就这样?',我们接线员也就像我刚才那样回答,'就这样'。"

"那他要是再问'怎么处理的'?"

"不,他不会问的。"搭档说。

搭档是对的。就连投诉人也没打来电话。

社会上事情太多了,人们想不起来一件不在眼前的事。一周后他想,真难相信,那么大一个东西走过去了,只能抓住人们那么短时间的注意力。看来人们只想把一切威胁、麻烦、奇怪的东西叫人像搬垃圾似的从眼前搬开,诉求就那么简单。

好几次,他和搭档开着垃圾管理车从天桥原址经过,后来有一天,车开到路口时,见这里围起了蓝色挡板,一些箭头状的标志引导汽车和行人改道,原来这里要施工了,要造一座新的天桥。

"新的造好,我们的桥就没人记得了。"他感慨。

"我们的桥?"搭档说,几秒钟后恍然大悟,"对了,那个，喜欢走来走去的。"搭档在副驾驶座上深思一会儿，想起最近听说的一件事来，"忘了说，它不在那里了。"

"不在什么地方？"

"那里，在乡下马路的一边，地上是枯草，这边是马路，那边是一条河，再远一点是树林，对吗？一点没有经济效益的一块地皮，就是那里。"搭档左右开弓地比画。

接着搭档就讲起那件听来的事。不同的职能部门之间常要横向合作，一天，搭档被叫去交通部办事时，碰见了在交通部抢险科工作的朋友，他们聊起天来，抢险科的朋友无意中谈起其同事执行外勤时碰到的事，正是关于荒野上的过街天桥。

他相信搭档为人，但转述后的转述，让他有点起疑，他一边听，一边放任自己用想象把此事修饰了一番。同时他还在认真开车，目光不离前方道路。他面前的挡风玻璃上仿佛被投射了一层半透明的影像，那就是以听说为基础、以想象为修饰的关于天桥的现场情况，它和路况一起清晰入眼——

抢险科终于启动了抢险程序，他们正式出动的时间，比超级联合车队追踪天桥的那天迟了许多天，这也是合理的，因为首先要完成一些风险评估，要找几个级别的领导签一些字。出动的当日，风和日丽，一辆抢险科的小汽车，率领两辆施工车，在人们早就忘怀此事的情形下，孤单地驶往乡间，履行其职责。他们没带吊车和更多人手，准备简单地在空中分段切割桥体，也把楼梯弄成几段，碎块就弃置在原地，这样应该能解除它再乱跑的风险了吧。

三辆车把他们开过的路重新开了一遍，下到了那片荒地上，施工车的宽轮胎碾压着草丛直接开过去了，小汽车上的两人下来步行。在他的想象中，这两人中一个人的形象较为像搭档，另一个人像自己。这两人先都放眼望了望风景，从近至远地也看到了草丛、零星的树、水湾、树林，然后对着街天桥凝目几秒钟，这才朝它走过去。宽轮胎在草上压出弧形的印子，他们踏在那上面前进，手里各拎一只安全帽。

天桥用感到莫名其妙的神色注视他们，它身体高，应该很早就远眺到有人来找自己了。它又有那么宽的视角，这时同时注意着正逼近自己的两个人和制造出噪音的两辆施工车。

像自己的人说，你看它好不好对付？他从出发以来，

漫步者

首次对任务产生怀疑,看出来它警觉、不欢迎他们,于是想到它可不是什么普通的混凝土天桥。

像搭档的人说,好像不容易。

像自己的人说,但是没办法了。他感到叫任务的那东西在身后推动他们,他们不得不向前走,迎向面前的每接近一点就变得更高大的家伙。

一辆施工车首先抵达天桥脚下,另一辆跟着也到了,它们停下来,都升起升降台,一直升到天桥桥身下面,仿佛是它腹部的地方。这两人也走到了,半路上都已戴好了安全帽,站在地面监理施工。马上要着手肢解它了。

忽然像搭档的人梦幻般地发问,是不是我眼花?

像自己的人回答,我也看到了。

两人都抬着头,清清楚楚地看到天桥后退了一步。它是先抬起一腿又放下,另三腿有节奏地跟上,一下子就从施工车边上移开了。一样东西从它身上掉下来,是那束缚住它的第四块警告牌。

施工车停顿一会儿,再次一先一后逼近天桥。然而施工车刚一停稳,升降台又一次抵住天桥腹部时,天桥用那种"一,二三四"的节奏,再次从它们身边移开了。有片刻，天桥也好，车辆也好，人也好，站在这片荒地上谁都没动。

两人从天桥身上解读出一种难以描述的、非具体的神态，是他们当初在办公室围看视频时所见过的。随着表露出那种神态，天桥正式起步了，它四腿并用，一走再走，一走再走，没有停步。荒草沙沙响，它路过几棵尖顶的树，那些树和它几乎一样高，树叶摩擦着桥身似在告别。它走到荒草尽头，涉过水湾，水弄湿了它的楼梯，它上岸再走三两下，隐入了林中。

事情经过大概就是这样。

"我们的桥，现在在树林里？"他问搭档。

"抢险科的人后来进到林子里，那种树不是很粗，它应该藏不住，或者，更应该卡在树和树之间，但他们找不到它了。"搭档说。

"它就没再走出来？"他说。

"也许没人的时候，会偷偷走出来？换你会这样做吗？"搭档说。

"我不知道，"他为怪怪的问题苦笑，又说，"应该吧。"

垃圾管理车停在一个红灯前，他们看着横道线上的行人左右穿梭。这些人又为什么要走来走去呢？也是为那三个理由吗？他想。人、垃圾、天桥、我们的车、游民收容车和里面的人、抢险科的车和里面的人，令大家移动的根本性的动机是什么呢？想的时候，他的一根手指不经意地敲击方向盘，好像这样众物就得到一个节拍。

养蚕儿童

"真的不用我和老师讲一声？"爸爸问。

小孩垂头坐着，脸对着膝上的书包。一群和他形成对比的富有朝气的孩子经过，呼朋引伴地走进了学校。小孩静坐了一会儿，并不改变头低垂的角度，解开安全带，打开车门，软体动物一般滑到车外站着，书包被他捧在胸前。

"开心点好吗？"爸爸向那侧伸过头鼓舞儿子，"那只是一门功课，要是实在不行就算了。我小时候也碰到过几门课……"

"知道了。"小孩关上车门。

爸爸确认他进了学校才将车开走。爸爸想，儿子太把科学课当回事了。

小孩的班级是在上周的科学课上被要求养蚕的。他不喜欢虫子，听老师宣布后，不可控制地颤抖一下，手臂皮肤上隆起成片小疙瘩，他的同桌第一时间看到了，转头告诉周围同学，他们在课堂上公开取笑他。

"没有啊，我喜欢虫，白的，肥的，特别是软的、爱爬的。"他抱着手臂，努力遮住泄密的皮肤。

年轻的女老师说，未来一个月里大家要和这些蚕相处，照顾它们，观察它们的外形变化、进食状态，每天用或画或写的方式做记录，最后当蚕结茧时，交出一份研究报告。学校很爱让低年级儿童近距离观察生物，观察对象总是选择变态发育的小动物，像是蝴蝶、蝌蚪之类，它们一生在不同阶段样子会剧烈变化。课上，每名同学分到四五条小蚕，放在一个小纸盒子里，盒底铺着桑叶，蚕此刻刚出生两天，和经典形象正相反，是黑色的，细小的。

"我喜欢蚕。"轮到他时，他对女老师说。

"给你这条，"老师特意从大盒子里拨出一条，"我觉得它有潜力，可能长得特别大。"

那条虫仿佛一截活的线头，比其他线头更卖力地在桑叶上动。隔着叶子、叶子底下的盒子，黑线头令他的手麻酥酥的，像是钻进了手掌心。"是的，我喜欢它。"他苦着脸说。

"我会养得比你的大。"当天放学回家的路上,他向同桌断言。他们像各端一碗盛满的汤,小步慢走,身后的人都超过了他们。在纸盒上方,是用两枚长尾夹和一张纸临时做成的盖子,防止小蚕被风吹坏。

"不可能,你害怕它们。"同桌说。

"根本不是,我喜欢它们。我还喜欢蚯蚓,喜欢水蛭,我喜欢一切虫。"他说。

"除了虫,我喜欢海鳗。"同桌为了赢,说起根本不了解的动物。

"蛇,蛇就更好了。"他再接再厉地说。

当时小孩勉强接受了小蚕。小蚕跟他回家的两个昼夜后,第一次休眠。它们不吃也不动,熬过整整一天,只见新蚕从蜕下的老皮中挣扎而出,颜色都变成灰白的,体型更粗壮,嘴更大,吃起桑叶更起劲。小孩感到更加不适。晚饭后,小孩把纸盒从自己的卧室移到餐桌上,坐在那里写生。

妈妈去看了一眼。"宝贝,你的线条都不准。"

"因为它们在动,忙着吃东西。"他继续往本子上吃力

养蚕儿童

地移动铅笔，完成今天的观察日记：五条萎缩的皮丢弃在一边，五条蚕包围两片桑叶，其中一条的体积有人家两倍大，把头前面的桑叶啃得深深凹进去，那条就是老师特地挑给他的。但是，画中的一切都歪歪扭扭的。

"是因为你的手在抖啊。"妈妈看了看指出真相。

到了爸爸送他去上学的那天早上，小孩苦恼于蚕又长大了，它们是身体无法受皮肤约束的奇怪生物，每过一个夜晚就更为圆胖，看久了他身上就会痒痒的。老师给的小盒子有些破烂了，他抖动双手，好不容易把几片桑叶连同五条蚕装进一个新的硬质纸盒里，盒盖上扎了几个他也不知道是否合理的气孔，之后在书包内部铺垫出稳固的基础，再将蚕盒放在一切东西的最上面，就这样带去科学课和同学做交流。这是课程项目进行到中期的要求，等蚕结茧后，每个人交上研究报告就可以了。小孩在做以上事情时，那种害怕着所爱惜的对象，或者反过来说，爱惜着所害怕的对象，并在行动上一丝不苟的别扭样子，标示着他从一个单纯的人转变为复杂的人，使爸爸对他产生了进一步的爱，以前像爱亲生的小动物，现在起，在爱一个平等的同类。

小孩对这天的课深感满意。

同学都来围观他的盒子,他意识到自己拥有四条健康的蚕,还有一条冠军蚕。

"看嘛,"他说,"它有潜力,会长得特别大。"

他的心情和早晨截然不同了,他把孩子们拥挤在一起的头嘘开,像要求围观者给一个昏倒的人留出空气。大家退开一些,马上又聚拢了,俯视蚕盒。"它吃得飞快。""它是一台虫形进食机。""喔!又粗了,又粗了!"他们说。

众口交赞中有个特殊的声音,质疑道:这条虫或许是从网上买来的,而且比大家正养的这批蚕多蜕一次皮,所以个儿大,反正是作弊。

"不是的。"他恨恨地说。

要好的朋友纷纷帮他说话,同桌尤其强硬地反问质疑者:"你怎么知道?这就是他亲手养大的。"

这时老师走过来了,在她把蚕盒托在手里仔细瞧的片刻,学生们都期待地注视她。她的手掌是薄薄的一片儿,指头美丽而坚定地弯曲着,目光不含虚伪,最终她说:"我看是那条,老师认得出来。"就此制止了吵嚷。

除了这场风波,这天总的来说过得很好,作为冠军蚕的饲主，他很风光。直到下午的最后一堂课，一个严肃的男老师在台上讲课时，还有同学以铅笔戳他肩膀，打手势把盒子讨过去再看一次。

"你不怕了吗？"同桌躲在竖起的课本后面问他。

"我从来不怕。"他轻声回答。

之后盒子还到他手中，他第一次勇敢地把指头伸到桑叶上而目的并非是喂食或做清理工作，只想与蚕在情感上互动，其他蚕无动于衷，最大的蚕挪动八对足爬上了手指，触感绵软但又是有力的，是冰凉的又是热情的，几对矛盾的感觉在暗中冲击他，他的手指轻微一抖，震抵心脏，但小孩将两者都稳住了。

"你看，它喜欢我。"他炫耀道。

父母见到小孩和蚕亲密了。

以前每次他完成写生，总是看似随意地将蚕盒留在餐桌上，存心地整夜忘记它。现在他改在卧室小书桌写生。夜里，五条蚕有时栖息在小书桌上，有时栖息在他床头，半夜他很有可能不必要地起来添加桑叶。

蚕按照生长节律进入了第二次休眠。

后面一天，蚕即将醒来完成第二次蜕皮。

放学回家后的小孩内心焦灼，表面上强装镇定，导致了他一定程度的行动混乱，他轮流做各科作业，一会儿打开这本作业本，一会儿换成另一本，好像在给自己的焦虑症试药。他举笔对着本子，却什么像样的东西也没写出来。每隔一会儿，他扭转屁股，把课本旁边的蚕盒又一次掀开来看。小孩的样子勾起爸爸若干年前在医院产房陪伴妻子的回忆，所以没有太批评他。

"你不打扰它们更好，它们会更快地钻出来。"然而妈妈来视察作业情况时，真的看不过去了。

"它们要不要一点帮助？"他问。

"它们会自己管自己，它们一辈子不用别人监督就知道自己在干什么，下一步该怎么干。"妈妈说。

他低头玩了几下笔，妈妈像是话里有话，但也可能仅是忠实地描述蚕的习性，他凭天然的智慧想，还是不要弄得太清楚。磨蹭着又写了一会儿功课，第一条蚕蜕去了旧皮，当它以肥美的形态重新活跃在蚕盒中，这时可以肯定，就连妈妈也很高兴，因为普通人一般都喜欢新生命。又有三条蚕紧跟着成功蜕皮。爸爸也过来观赏，掏出小孩笔袋里的尺量了量,四条蚕的平均身长超过二点五厘米,体健肤白,是同龄蚕中的佼佼者。它们爬到新投放的新鲜桑叶上,它们的胃口好极了。

只剩最大的那条了,看来当晚等不到结果。小孩再一次佯装做起了作业。但是突然,他听到类似软木塞从香槟酒的瓶口弹开的一声"噗",他急急将头转过,手拨开盒盖,一天以来僵直不动的蚕,在它的嘴巴部分裂开了,他刚好赶上看见一大团白白的东西从裂口处涌了出来,如同从里面挤出一条很粗的牙膏,一时停顿住了,接着又挤出半条来,那就是他的蚕。

全家吓了一跳,它太大了,足有其他蚕的三四倍,这晚之前双方的差距还未到如此悬殊的地步。再对比它蜕下的那条皮,那样大的块头出自那样小的容器,像是一个戏法。大蚕有一颗大头,引导虫身一拱一拱地朝同伴爬去,食物立时吃紧了。

"你听听,它嚼叶子的声音有多响。"妈妈说。

他们真的听到一种人类接连不断地吃薯片的声音。

"天哪,这家伙真大。"爸爸盯着看了一会儿,隔着衬衣挠了挠手臂,"它让我起生理反应了。"

小孩看了看自己的手臂，它们挺胖，不可思议的位置上画了几道原子笔印子，此外没有东西。"爸爸，你怕它？"他真诚地问。

"没有啊。"爸爸说着改挠另一边的手臂。

小孩这回想，爸爸真像自己。此后他跪在椅子上，被蚕盒吸光了注意力，彻底忘记作业，他的目光兼及四条蚕，但主要看着他的大蚕。

这天夜晚，大蚕吃桑叶的声音伴他入眠，咀嚼声彻夜不停，他觉得不吵，觉得这声音幽默、自然、好听。

小孩首次邀请蚕站上肩头，陡增的高度和移动中的加速度，让大蚕眩晕，一度抬起大头做醉汉式的左右晃动，但它用所有足紧紧抓住衣服，它的足虽然只是从身体上延伸出来的一截短短的突起物，数量却多，齐心合力地站住了。好像肩上站着的是一只训练过的鹦鹉，或是一只乖猴子，他带这条大虫参观自己的房间，向它逐一介绍漫画书、搪胶玩具、手工作业，他认为毫无疑问蚕是一名安静和有品位的参观者，对他的藏品满怀欣赏。

大蚕每天明显长大一点，长到小孩的一掌长，全身洁白，爸爸继续嘴上说"不怕"，却轻易不再进他房间。它力量变强了，更适应攀登他的身体，自主选择站立的地方，有时它从一侧肩膀缓缓经由背部爬到另一侧肩膀，似乎认为利用另一条道路，也就是踩胸而行，是不礼貌的。当他做作业时，大蚕从肩上专注地望向作业本，既不催促他，也不指正错误，长了细毛的头跟随笔的轨迹滑稽地摇摆。除非发生一种特殊情况，他感到大蚕的腹部在自己身上异样蠕动，同时听见它体内传出有规律的咕噜声，说明它饥肠辘辘了，那就得把它放回饲养箱。为防止压伤同伴，或抢夺口粮，它住进了一只半透明塑料箱独居。

大蚕要吃大量桑叶，假如说妈妈有什么抱怨的话，就是它吃东西太大声，蚕屎也很多。桑叶的供给倒不缺。"没关系，有需要来问老师拿就可以。"女老师一开始就和他这样约定了。

年轻的科学女老师的办公室远离其他老师，是一间阴凉的屋子，一面墙上有扇常年紧闭的百叶门，听说里面是标本室，他和同学们至今还无人进入过，因此有很多想象：老师在标本室采集细胞，拼贴成新的生物；老师拧动标本脑后的发条，标本就开始活动；每天放学后，老师打开百叶门，把三个同学的标本搬到外面，他们都是坐在椅子上被做成标本的，脸上始终笑嘻嘻的，老师面对它们排练明天的教课内容。在这间办公室里，大工作台上有一堆可以拆分组合的动植物模型，几叠好像老师永不想打开批改的作业，常用的试验用具如显微镜、烧杯、酒精灯等，各种东西混合放置。空气中有消毒药水的味道。一台冰箱在办公室角落，桑叶就在里面，分装成一小包一小包的，很像超市里卖的蔬菜，也许其中就混有老师的绿叶菜，午休时拿来做沙拉吃，冰箱里另有一些小盒子，猜测放的是必须冷藏保存的实验试剂，但实际上也可能装着老师另外的食物。就算有恐怖传说，他也特别喜欢老师。

在蚕第三次蜕皮到第四次蜕皮之间的某一天，小孩在这里听说一件怪事。

"它现在这样大。"他坐在一条旧沙发上，时间是放学后，书包放在沙发旁边的地板上，他向老师动情地比画。

"真厉害，老师就知道。"老师说。

"它没事喜欢去看那几条小的，趴到它们的盒子边上，这样看，这样看。"他说。

"是吗？"老师说。

"它靠在我的词典上蹭痒痒，像这样。"他又讲了几桩大蚕的事情。

"从现在起，和它们好好相处吧。"老师走过来，把一袋桑叶温柔地丢进书包里。

如同妈妈的话，老师的话里也有不清楚的内容，为何显得时光短暂的样子？他的目光小狗似的跟住老师，老师直起身子，退后一点，靠住大工作台，在她胳膊旁边是一个塑料制的植物细胞模型，横截面上有细胞质、细胞核、线粒体、叶绿体、液泡，分别被不同颜色标示出来。科学感的布景衬托了老师，他入迷地看着她，纯真目光里闪烁疑问。

"原来是这样。"老师冷静地与他对望，神助般地，她知晓了问题所在，"你还记得课上讲过的内容吗，我们复习一遍。小蚕先是住在很小的蚕卵里，等它成熟了，就从蚕卵里爬出来，老师当时养了两天再分给你们养。小蚕最早比较黑，个头比较小，吃几天桑叶，它就得进行一次休眠和蜕皮，脱皮之后才能长得更大。"

"老师讲过。"他朦朦胧胧地记得这些，难道还有别的更重要的知识点吗？这时便听老师讲出下面奇怪的话。

"蚕一生会蜕四次皮。"老师说。

"四次。"他在心里计数,一,二,三,"然后呢?"

"首先,生长五天,第一次蜕皮;生长四天,第二次蜕皮;之后又生长四天左右,第三次蜕皮;又生长大约六天,第四次蜕皮。第四次,那是蚕一生最后一次蜕皮,然后,再有个八九天,它成熟了,开始吐丝结茧。蚕把自己织进茧里,在里面变成蛹。"

"是一种更大的白色的虫?"

"不,会变成咖啡色,外面是一层硬皮,体型是粗短的,那就是蛹。"

"它就不是蚕了?"他吃惊地说。

"不是现在样子的蚕。虫织茧,变成蛹,蛹破茧出来时变成了蛾。它在各阶段长得完全不一样,生活习性也不同,所以我们把这叫作完全变态发育。"老师将课上讲过的内容全部再讲过这一遍后,同情地望着沙发上遽然变了脸色的小孩。

知识重新流回脑海,使他推演出显而易见的结局,而在过去一段时间,占领大脑的情感一直阻断他想起来:他和心爱的朋友终有一别。

养蚕儿童

第四次蜕皮。

它现在是一条巨蚕,长有从小孩的手指尖到小臂中间那么长,粗有作业本卷起来这么粗,全身像撒了糖粉的软点心。这些天,小孩经常和它一对一操练。

"别结茧知道吗?"他拿起一颗球先给巨蚕看,又放下来,双掌交叉比一个不行的手势。蚕长大后,头部器官也放大了,左右两侧各有六颗清晰可辨的小黑点,那是它的十二个单眼。它抬起头,用十二个单眼看看球,之后低头看看放下的球,最后看看他交叉的双掌,接下去它有时歪着头,形如思索。他每次都将练习重复多遍:结茧,不行,不 OK,NO!

另四条蚕如今也体型饱满,肥胖过一般的蚕。爸爸妈妈经常替小孩照料它们。一天,两人共同守护着被小孩忽视的蚕盒,把蚕屎清掉,向圆滚滚的、嗷嗷待哺的四条蚕投放桑叶,在此情景下,爸爸忽然有种感觉,仿佛它们遭亲生爸爸遗弃,自己和妻子成了它们的养父养母。

"我们儿子心里只有那一条。"妈妈理解爸爸的感觉。两人怜悯而且喜爱地看着盒子里的小东西。

"看久了蛮可爱的。"爸爸评价,"而且,最近我也有一点喜欢上了那一条。你觉不觉得,生活把什么放在我们面前,我们就容易喜欢什么。"爸爸心里还想,我们看上去在主动选择,其实多数情况是被动的,我们对各种事物的喜欢本质上是卑微的,像踩中了圈套。

"你喜欢那条大虫子?"一瞬间,爸爸以为妈妈要出口讽刺自己了,但妈妈只是说,"我也有一点。"

妈妈不久前走进小孩房间,巨蚕当时正在逍遥地进食,它发觉妈妈了,瑟缩了一下,接着借由一次短距离的爬行,转换了方向,这样一来,白胖的虫身几乎背对着妈妈,它的头偷偷地向桑叶贴近,以刚才三分之一的速度咬下叶子,缓慢咀嚼,极力藏起被她嫌弃的吃饭声音。妈妈由此觉得它好笑。

在爸妈的照料下,四条蚕逐渐停止进食,它们洁白的身躯变得有些透明,昂起头胸部向空中探索,急欲倾吐丝腺中的分泌物。这时,往蚕盒里放进一小块结茧网,帮助每条蚕找到可依靠的地方,它们便开始口吐白丝,起先是凌乱地摇头因而吐出凌乱的丝,接着 S 型摇头吐丝,搭出茧的轮廓,再接着 8 型摇头吐丝,补充茧的厚度,蚕的每次摇头都可以看成一次独特的挥手，如此向这家人连续挥手道别两天两夜，逐渐隐没在四颗细密织好的茧子中，消失不见了。

结茧期间，全家人频频来看。再见了！再见了！蚕挥手道。妈妈、爸爸、小孩也向它们道别。它们作为小虫的生命结束，作为蛹的生命正在启程，死和生结合成一体。巨蚕前来观望数次，在蚕丝尚未遮断视线前，它与劳动中的四条蚕隔茧对望，它的头也微微摇摆，呼应它们的动作，有时是 S 型，有时是 8 型。但小孩又说："不行。"他推一下巨蚕的头，把它唤回现实。

巨蚕落了单，它的活力不如从前，喜欢待在自己的塑料箱里，很少再吃，成一长条形躺着，下巴放在箱底，样子似在纳闷，似在回想，似在期望。如果请它出来玩，它有几次来到装着四颗白茧的盒子边上，为了不打扰破茧成蛾的进程，盒子如今密闭着，它将头依靠在盒子外壁上，身体上下折出一个直角，如此也可以待上很久。

这天，大约是在四条蚕结茧的一周后，小孩发现巨蚕鬼鬼祟祟地躲在墙角，它察觉有人来，慌张地用头部抹去了一些什么，原来那是它刚才吐的细丝，是一张结茧起头时的凌乱丝网，作用是固定后面结出的茧子。巨蚕自己捣毁现场后，装成没事，爬走了。但是小孩顺着墙角检查，拿开一双轮滑鞋后，又发现一处凌乱丝网的残存痕迹。趴在地板上，在床脚找到第三处。它在房间没人的时候摇头吐丝，对这家人挥手道别，但是每次刚挥别就被打断，或是它自己努力制止了自己。

"别这样，跟我玩。"他把巨蚕放到肩头，它只是顺着胳膊往下爬，想离开。

夜里，幽默的吃叶子的声音听不见了，近一个月来，他习惯了枕在那上面睡觉。小孩翻了个身，向床边的塑料箱叮嘱："别学它们。"

塑料箱里没有声响。

"做虫有意思。"他在黑暗中抠着床单说。

他感觉虫子回应了他什么，是同意，还是不同意？不管是哪种，他想，自己心里为什么这样难受。他不得不把身体在毯子底下团起来，仿佛一条小孩虫，仿佛这样能够压缩这份难受，也仿佛这样能够更贴近朋友的思想。

小孩坐在科学女老师办公室的沙发上，书包倒在脚边，

养蚕儿童

他目不转睛地看着她。

老师像以往那样，站在他对面，靠住大工作台，天气变热了，她穿了一条他喜欢的裙子，手边是一只蔚蓝色的月相演示仪。她在翻阅一本破烂本子。今天结束了有关蚕的课程项目，小孩不愿意在课上公开研究报告，宁可忍受侮辱，同学们说他的蚕必定是养死了。不过放学后他自动来这儿，起先不明所以地坐着，又一次，老师神助般地知晓了意图，才开口提要求，他就腼腆地把本子交在他愿意与之分享的人手中。

翻过了前面线条颤抖的小蚕，画蚕的笔触渐渐自信了。每翻一页，它们就变得更大。在看到四颗蚕茧之后，老师突然说："喔！"

本子的每页留出四个图画格子，一些手法稚嫩但是表达连贯意思的图映入她眼中：夜里，巨蚕越来越大，它顶开塑料箱盖子，身体从塑料箱里满出来，继续变大，房间装不下它了，它由窗口爬到外面草坪上，向着闹市区进发。路上有许多月牙形缺口，因为巨蚕途经时咬了每样东西：草皮、树冠、房子、路牌、小汽车、行人的身体。它爬远了，最后攀到一个楼顶上，高楼的下半部分也被它咬掉几弯，它上半身直立，昂首远眺，前额的细毛根根分明。这里有幅全景图，由到处遍布的缺口来看，反而不像是巨兽对城市的攻击，而是它因存在过留下了个人记号。

老师再往下翻看。

回到了刚才的房间，一颗蛋放在地上，蛋里有一条好像是用仇恨的心情涂抹出来的东西。老师了然地说："原来蚕变成蛹，前面发生的事，是它的梦！"这就是最后一页了，老师合上本子还给小孩，"这个梦有点了不起。"

"它变成别的，但它还是喜欢做虫，非常喜欢。"小孩低下头，随手翻开一页，又温习着往事、朋友的梦和朋友留下的特殊记号。

嘴里

她的肘窝正中静脉在皮肤表面健康地隆起,医生喜欢这种手,便于采血。针头刺破皮肤,穿透静脉壁,扎入血管中心,深红的血液从体内流出来,流进几根试管中。

她躺上诊疗床,把裤子和上衣揭幕似的往两头分开,露出的腹部面积刚刚好。医生把冰凉黏稠的耦合剂涂上去时,想到周末在家做烘焙,往面包坯上刷蛋液的情形,面包烤得很成功呢。耦合剂涂好了,医生拿起超声探头,检查她的肝脏、胆囊、脾、胰体和双肾。

她躺上另一间诊疗室的床,这次交出胸部、脚踝和手臂,任医生把若干小夹子和吸盘固定好,完成一次心电图检查。

她把头放在眼科医生手里,让他用一束光照眼睛。

她又把脖子交给外科医生，给他摸甲状腺峡部和侧叶。

每走进一间诊疗室，她和体检医生都配合得很好。

直到在耳鼻喉科，她与医生僵持了。医生先顺利地检查了鼻腔、外耳道和鼓膜，当他拾起一块压舌板，对她说"请说'啊'"时，她拒绝了。医生已把头向前伸了一点，准备看进嘴巴里，不得不退回原位，又说"啊"。她紧闭嘴。她从来不轻易给人看嘴巴。

"来，我们只是看一下喉咙。"医生第三次要求。他戴着反射光线用的额镜，一只眼藏在后面，另一只眼和大大圆圆的额镜同时看着她。她摇头。医生能想象，此时在诊疗室外面坐满了人，身体语言烦躁不安。整个上午，他的工作是没完没了地看他们的三个洞：耳、鼻、嘴。以中午休息时间为对称轴，下午也得看很多套三个洞：耳、鼻、嘴。谁在做孩子时能料到，一些成年人的工作做起来是这样乏味，概括出来又是这样可笑。他的一个皮肤科同事，专门负责用激光烧掉人们身上的痣，棕色的、黑的、圆的、微凸的、平的、可爱的、癌变可能性高的，日复一日地，亲手毁灭了千千万万颗，难道同事小时候想过会成为一名烧痣人吗？另有同事是刮毛人，而自己是看洞人。他想，眼前这人不愿意被看嘴巴，自己少看一个洞有什么不好呢，她看来不笨，健康有问题会说的，人有拒绝被看这里那里的自由，只是她浪费了我一点时间，但节约下时间也不过就是多看一些三个洞罢了。他把额镜往头顶翻开，两只眼睛盯着屏幕，在电脑系统里填写：扁桃体，未检；咽喉部，未检。他叫她离开自己的房间，准备接待下一个人。

做完最后的体检项目，她离开医院，在热烘烘的马路上空着肚子走，看到一家顺眼的餐厅便走进去。现在是早餐收尾时间，顾客很少。她切开金黄的蛋皮，包起来的培根、火腿、蘑菇、青葱、番茄和融化的芝士，死去怪物的脏腑一般翻出来，她把脸凑近餐盘。

她以为没人注意自己，不过几张桌子以外一个无聊的顾客看到了她。这个女人是不是在舔东西？他疑惑。

等她抬起头来，那个顾客看清正在咀嚼的是一张短脸，下颌线条不清晰，下巴和脖子连接处肉鼓鼓的，眼睛圆而且相互远离。令他快要想起什么动物来。这种脸型不能马上激发他对女性的爱慕，他更喜欢长形的脸，下巴是明确的，笑起来脸部肌肉往上抬时下巴就更明确，下巴下面最好是一条纤细的脖子。他自以为更容易看出这种脸是否高兴，以便做出反应。而她那种脸，心中意思放上去是不清楚的、难猜透的，她也不像是会把心中意思全部放上去的人。于是，他把眼睛移开，玻璃外面有些粗看也好看，仔细一看各有缺陷的，难以达到他心中标准的女人，在走来走去。

她低下头，舌头一次次地卷起食物，奶制品、真菌和肉类的香气在嘴里汇合了。她的舌头远比一般人薄而且长，表面全是角质化的突起物，形成一大片粗糙、坚硬并有弹性的小倒钩，她总是有点想把舌头伸出来舔东西。这样吃煎蛋卷是小意思，还可以在冰咖啡表面快速伸缩舌头，把一杯咖啡抓进嘴巴。但此时不能太放肆，店里还有客人。她抽空用圆眼睛看了一眼，那明显是个对事情有标准化审美的最普通的男人。

嘴里有条猫科动物的舌头，是她对医生和所有不亲密的人保守的秘密。

"不要吻嘴巴。"对历任男友，她一开始都关照。

"为什么？"有人直接同意了，有人会问。她编各种理由搪塞。

我大概五六岁时，一天听说了什么好笑的事，我张着嘴哈哈笑，有个虫子飞进去咬在嘴唇里面，我叫唤了一声，伤口瞬间肿大，一个星期内没法合上嘴，口水流个不停，弄湿胸口衣服，被一起长大的朋友笑话了好多年。到现在也害怕有东西进来突袭。

阿花是一只捡来养大的猫，亲爱的街头小流氓，喜欢拍打人的脸，然后用软软的嘴亲我们的嘴，湿鼻子也贴在我们脸上，暴力和温柔轮番来，手腕高超。它去年秋天死的，我起了一个誓，再也不吻别的东西。一想起它，眼泪就要流下来了。

我的染色体异常，吃进别人的口水会过敏，你也看过类似报道吧，就像不能吃花生的人吃了花生米，一旦喉头水肿，会有生命危险。

有一年我们在海边吃活章鱼，那只章鱼可能是海里的王，切碎后，吸盘仍超级有力。那一截腿牢牢吸在我腮帮内侧，手都抠不下来，他们说，等等就会好，但是我们离开海鲜市场，我喝了一些饮料，又吃了两顿饭，接着睡了一觉，早上起床时它还在。我想它可能永远住在那里了，寄生在嘴里，也许我应该准备好习惯它。关心这件事的当地朋友带我去了汗蒸房，在最高温的房间里待了不到五分钟，突然，章鱼腿不是主观上想通了，就是客观上承受不住那么高的温度，从口腔里脱落下来。朋友说，有时候是会发生这种事的，代表来自大海的好运，不过我从此不吃章鱼也不接吻。再等等我吧，也许以后能克服。

她临场发挥，想起什么说什么，随口讲了不同版本的故事。男朋友严肃成熟，就说得简单合理点；男朋友爱打游戏有二次元倾向，她就尽情编撰。

有几个男友后来和她进展到更深厚的关系，她会让他们看看自己那条猫科动物的舌头。能不能看到嘴巴里，是她设定的一条线，越过去，代表她更加认可他。然而在当时，在观摩舌头的那一刻，却不是每个人都懂得。

"给你看点有意思的。"她会对越线男友说。随后发"欷"的音，吐出粉红色舌头，吐很长，停在空中，让他们看个清楚。舌头是很干净的，柔嫩的，呈长圆形，中间窄，舌尖更窄，除去边缘，表面覆盖细密的倒钩。伸出舌头，像一把刷毛倒向喉咙方向的可爱小刷子，被她从收纳盒里抽出来。

"哇。"第一次看到的男友首先都会感叹。之后,他们靠过去,捧着她的脸,两人小步挪到窗边,借阳光来看,他们也会站在原地,打开手机的手电筒功能照着略微发白的那片倒钩。她耐心地给他们看,其间,眼睛在他们额头、眉间和眼睛部位来回扫动,揣摩他们的心意。他们看了看又会说:"哇!"

男友们紧跟着提的问题是相似的。她收回舌头依次回答:不,不是恶作剧玩具,一个贴纸什么的,是真的。以前的故事倒是骗人的,没有被章鱼腿吸住。舌头放在嘴里,很合适,你看,随便动,不会割伤自己。不,我不会在半夜起床抓老鼠。不,我也不知道哪个品牌的猫粮好吃。不,我不会在月圆之夜变身,那是狼人。

叫叫看。有的男友接着会请求她。"喵。"她带着笑叫了一声。没有异样,完全是年轻女人学猫叫的声音。

舔舔看。有的男友好奇舌头在身上的触感。她遵命在他握拳的手背上快速舔过,温热粗糙的倒钩拂过皮肤,同时是软性的攻击和尖锐的安慰,男友觉得恶心中掺杂着快活,手背移到衣服上擦了擦,但刺痒酥麻的感觉还要停留好一会儿。

他们大都觉得事情很有趣,忍不住说,那么吻一下。她同意了。这下他们真正感受到猫舌的魔力。

历任男友在充分观赏过、体验过后,还对两个问题感兴趣,一是舌头的作用。她会诚实相告,没什么用,除了吃东西时有使用升级版装备的那种意思,吃螃蟹,吃鱼,吃肉骨头,利落得很,能搞出些花式吃法。

她找不到地方让舌头大展才华。最近一个周末,四岁的侄子在淘气,他把玩具堆在一岁的妹妹身上。想把可爱的东西全都给妹妹,他解释。妹妹竭力从玩具下爬走,被他拖着腿抓回来,急得大哭。制止后,他徒手爬门,爬冰箱,爬柜子。制止后,他在地板上游泳,游过客厅和餐厅,游回客厅,要求坐在沙发上的人把左脚和右脚轮流抬起放下,使躺在腿下的自己好像卧在波浪下。她就是那个坐在沙发上的人,她配合他玩了五分钟,说,脚酸了。侄子还想玩,抱着她的腿不放,所以她俯下身,慈爱地舔了一圈他的脸,建议他休息一下。男孩老实了,倒在地上,好像在思考刚才发生了什么。除了吓唬小孩,舌头还有其他用吗?目前看来还没啊。

一生下来就是那样吗?他们最后都会问。她回答,不是哦,不是天生的,是在成长发育期突变成这样的。

她交往的第一个男友是初中学长,她把谁也不知道的秘密展示在他面前。"欸。"她说,吐出了舌头。他们在操场看台上一起研究。她当时的脸比现在还要短,浑圆的一团,上面只有一点惶恐的神色,在饱满的脸颊上留不住,脸一动就几乎滑掉了。由于在阳光下抬起头来,她圆睁的眼睛里瞳孔缩成一线。刚刚萌生出来的倒刺,比现在短,比现在软。听他说了声"不要紧"后。她说:"我也觉得不要紧。"

学长学习好,他试图做出科学解释:我想可能是返祖现象,可能你的祖先不是猿人,是猫科动物。剑齿虎、洞狮、布氏豹……说不好你是从什么演化过来的,祖先的基因以前睡着了,现在醒了,醒过来一部分。而我是猿人变的,我们是很不同的,但是,我们考到了一个学校里,说明大家又是差不多的人。

应该怎么办呢?她问学长。学长又说了声不要紧。"人可以保护小猫。"少年当时很放松地、天下没有大事一样地说道。

后来怎么样,你和你的初恋学长?男友们听到这里偶尔有人发问。她以"没有什么"终结了提问。

她和学长偶尔还来往。当她要补牙、洗牙的时候,就去他的齿科诊所。每次问诊后,他支开护士,诊疗室里只剩下他和她。她在蓝色的牙科椅上躺好,看到学长戴着口罩的脸从上面慢慢靠近,越近越大,眼睛在口罩上方弯起来,眼睛里已经不清澈了,眼睛周围有细纹,但她仿佛又看到了说着"不要紧"的人,给她最初勇气的那个少年。他用左手把仪器牵过来,无名指上套了一枚式样朴素的结婚戒指。自操场上那天起,他们各自经过了多少个喜欢的人,多少个讨厌的人,多少件可有可无的事,他们还能在需要时相见,亲切地,知根知底地。他说:"好了,张开嘴。"接着,一束光打进她嘴里,照在她猫科动物的舌头上。

锚男

穿黄T恤、红短裤的男子坐在泳池边。他的同事也穿红短裤,有的不穿T恤,赤裸美丽的上半身。看起来轻松,但几个人的膝头都放一条橙红色浮标,时刻抓在手里,眼睛按一定节奏扫视池面。他们是救生员。

他们当中,数他年纪大,五十几岁。肚子已经鼓出来了,像身体里一个涌起来后无处可退的浪,T恤兜住了它。头发全往脑后掇,其中白发有一些。皮肤如同用久后变深的植鞣牛皮,失去弹性并且发皱了,不服帖地裹在手和脚的筋肉外面。脸倒是不丑,但到处纹理很深,这些纹理轻易不动,显得他神情麻木,此外上眼睑也松弛垂落了,使如今的眼睛大约只有年轻时候的三分之二大,又能肯定地倒推出他年轻时眼睛也不大,这叫陌生泳客怀疑他看泳看得没别的救生员清楚。

年轻的、喜欢纵容自己沉醉于幻想的女性泳客，边游边会暗中写一些剧本：比如自己腿抽筋了，急需救援，身材好脸也帅气的救生员带着他那条浮标扑入池中，拨开别人游过来，随后把自己温柔地托起。在他由远及近地游向自己的过程中，池水中的男性荷尔蒙浓度逐渐高涨，等他游到身边，双方肢体一碰触，哗！浓度在刹那间达到饱和，抽筋的脚仅凭荷尔蒙就治愈了，不疼了。类似的，还想出别的故事，核心情节总是身体碰触，柔软的水把他们和其他人分开，并在两人间穿针引线。有的女性泳客幻想的对象是那个胸部和手臂上每块肌肉会独立弹跳的小个子，有人幻想宽肩膀的小伙子，有人幻想笑起来最好看的那位青年，这三名救生员各守住泳池的一部分。守住泳池另一部分的较老的他，没人把他写到剧本里。

这是一个只向附近居民开放的半露天游泳池。照道理说，用不着造那么大。当初，开发商和设计师或许想得太随便了。或许反过来，他们是精心考虑过的，为了周围房子在设计上的某些缺陷，给出了一个善良的补偿。总之游泳池很大。它整体呈一条长方形被稍微弯折一下的形状，弯折后，长的那部分池子深，顶上有个遮挡的棚子，这部分给有锻炼需求的人来回游；短的部分露天，池底是斜坡，浅处很浅，适合人们玩水，日常总见卡通救生圈、小尺寸的充气浮床泡在水中。围绕泳池，有一些躺椅，张着太阳伞。还有两条彩色的大鱼立在浅池边的岸上，鱼嘴里跑出两架滑滑梯，降落在浅蓝色的波光粼粼的池水中，它们大受孩子的欢迎。这个泳池是需要这么多名救生员看顾的。

虽然在泳客中不吃香，但他得到了其他救生员的信任。因为在室外工作的人通常心肠耿直，钦佩专业技能高超的同伴。他这人游泳很灵。

泳池中午前开放，救生员要提前做好准备工作，用捞网打捞落在水面上的叶子和死昆虫，打开水下吸污机清洁池底和池壁，之后再检验水的质量，视情况往水中添加相应的化学制剂。有时他们代替水下吸污机潜入最深处三米的池底，捡拾夜里掉下去的大垃圾，就是在那种情况下，别的救生员看着他越潜越深，看出他很擅长游泳。

那还是他初来乍到的一天。

"看！"首先是小个子救生员站在池边喊出声，他手持一根很长的捞网，网兜里有一些湿叶子，滤出的水正滴在他脚边，为维持平衡，他用一只手压住杆子的尾部。他说："那是什么，一条老美人鱼？"

宽肩膀救生员站在小个子旁边，叉着腰往池底看了一看，说出自己的观感："是老鳄鱼吧？"

笑脸救生员刚布置好太阳伞，他在他们对岸，就近走到池边，他更赞成宽肩膀的话。"是一条文静的水底老鳄啊。"

三人见到他的泳姿走的是一种实用路线，四肢松松地放着不怎么划水，游起来不忙不乱，似乎有条隐形的长尾巴正在身后左右摇摆，既是舵也是桨，推动他前进。他一直贴住池底，顺斜坡从容不迫地游深了，水像风一样叫T恤慢速波动。

小个子继续横举捞网，和宽肩膀在泳池这一侧，笑脸在泳池另一侧，他游在三人中间，三人情不自禁地边瞧边跟随他移动，所有的救生员或游或走地从短池到了棚子下面的长池，此时游水的人甩开了走路的人，后者停下脚步，三十根黑黑的强壮的脚趾有力地抓着马赛克地面，它们的主人目送他游开。他几乎游到长池尽头，未见如何动作，整个人便彻底掉转方向，逆向游水途中伸手捡了什么，又

锚男

游进短池,并再次捡起了什么,握进同一只拳头里。人影变大,他浮起来了,水面被顶破。他出水的方式很老实,踩着不锈钢扶梯毫不卖弄地走上来,头发被水理得很整齐。

发现他们都在看自己,他扬扬手。"小石头,"他解释道,"掉在里面了。"他们注意到,没有换过气的水底巡游一点也没打乱他此刻的呼吸节奏。

他浑身淌水,鼓着那只肚子,走到附近的树边轻轻抛掉手中的石头。当他抬头看树时,脸上的纹理有所改变,显出担忧的神色。"这些树离得太近了。"这回他发出的音量像是仅对自己在说。照他看,是夜里的风把树上鸟巢里的石头弄掉了,有的鸟喜欢攒石头当宝贝,或是利用石头保持小窝的重心,昨夜的风他知道,起得急刮得猛,而这些树离泳池太近了,漂在水面的落叶,小个子还没全部捞光。

小个子、宽肩膀、笑脸在中午休息时间相互聊,聊体育比赛、度假计划、某个泳客有多好笑。泳客都是常客,谈起他们今天的某个行为就像在聊已经播到第十五集的电视剧集里的细节,谈话内容把新来的他摒除在外。他看起来也不在意。后来他们想和他也聊一聊。

"大，大叔。"笑脸说。

"什么？"他说。

双方的年龄差摆在那儿，年轻的救生员心头都升起了类似高中时去同学家里玩，同学暂时走开了，留自己在沙发上和别人的父母勉强聊天的感觉。不过大家很快把尴尬熬过去了，他蛮好相处的。

"我有几年没有工作，在家里睡大觉，在马路上晃荡，过这种日子，用的是以前的积蓄。但他们通过计算告诉我，最好我再工作两年，这样累计缴的税就够多，到时候可以领到高一个档次的退休金。"他向三人说明自己为什么在这儿打工。

"他们？谁？"三人问。

"社会保险福利部门的人。"他说。

三个年轻人恍然大悟地点头。他看出来他们从没有意识到社会上还有那种人，那种人懂得法规，掌握一些公式，可以像预言家一样告诉别人未来可以领多少钱。他们也从没有把自己今天的劳动和退休金相联系，主要是他们很少设想今天的事情就是未来的一部分，他们果然是年轻人。

"那你以前做过什么？我们猜和游泳有关，或是水上运动什么的。"宽肩膀问。

"差不多吧。"他说。

"你背后有个锚。"小个子比画了一下。他在他换衣服的时候看见了，一个巨大的文身占据了他的背，不是那种精美花哨的锚，是写实风格的，打了许多阴影线，黑乎乎的大锚看来已经下到了水底的沙石上，锚缆又长又粗，从左边横跨脊柱绕到右边。谁背上背负那样一个东西，即使它是平的，都会感到额外的负担吧。小个子当时正想再细致地瞧一眼，一块黄色的布从上而下盖住了锚，原来是他穿上了T恤。想起文身，小个子这时问："难道你当过船员？"

"船员？"他笑了，好像亿万富翁谈论一块钱。他以前的职务和职权、能力和胆识、地位和薪水，都远高于一名普通船员。

"我是引航员，曾经是。"他说。

三个年轻人两两交换目光，又一次恍然大悟地点头。然而他再次识破，对那种工作他们也根本不了解，八成认为和船员没差。

不久，在泳池边上，他有了一个相对固定的位置，他的瞭望椅通常摆在长池和短池交接的地方，椅子有四级台阶，爬上去高高地坐好了，泳池全貌便铺开在眼前。

暑假开始后，泳客骤增，周围躺椅变得吃香；泳池边沿上总有人趴着，半个身子浸在池水中；水中各部分都有人，翻搅出水花来，小波浪在人们之间涌来涌去，把一部分人稍许抬到高处，把另一部分人挤到低处，马上浪又使人们的位置关系反过来。池中传出欢声笑语。他看着听着，有时候恍惚了。

当你在一个港口，想办法把目光化为一只海鸟的视线，你这只鸟栖息在起重机粗大的悬臂上，首先会看见港口泊位上停靠着一些大货轮，所装载的彩色集装箱正由力大无穷的岸边集装箱起重机卸下来，堆积木一样堆到码头上。大邮轮也停靠在泊位上，侧面看去，几层楼布满密密匝匝的窗口，俯视则可以见到顶层甲板上的娱乐设施，水道滑梯、小型高尔夫球场、攀岩墙、星空露天电影院，邮轮刚把上一批游客吐出来，稍事调整，又将吞进下一批游客，载他们去海上玩，玩的是和上一批游客重复的内容——人类为什么这样多事？不知道。再往港口外的水域看，有船只按规定停在引航锚地，等待引航员从港口坐一艘小小的引航艇而来，他们将行使职权登船指挥，帮船只入港。越过港口和引航锚地的那些船，再放眼大海开阔的水面，过路船开来开去，各自拖曳一长条白色的泡沫。

面前的游泳池就像那样的港口，泳客是大的和小的船，开的和停的船，沉浮在水中。他有时几乎看不下去了，皱纹把僵硬的表情固定在脸上，身上冒出冷汗，浸湿了背后的文身，那时候他还年轻，为了表示愿将余生奉献给引航工作而在前辈的带领下文了那东西，视它为保护神或信仰的化身，现在他想从高椅子上跳下去带着那东西逃走。他不愿意再看到任何事物在水中动荡的画面。只因为往事已经离得够远，所以他劝自己坐着，忍耐着，他想说不定再看看就习以为常，能够克服心头的痛苦了。他打起精神，认真去看每一个泳客，有时吹哨，警告危险行为，这里有一群特别顽皮的孩子，要人看住。

晚上泳池打烊，四个救生员自己也喜欢下水游一游，这时就很畅快，不怕有人溺水。他们想出各种玩乐的法子，有时比短距离速度，有时比耐力，或是发明游戏规则进行花式比赛。有一晚，他们像四条水獭一样躺在水面比赛喝啤酒，满天星星照耀，夜风飒飒，啤酒泡沫从有人的鼻孔里流出来，引得别人发笑。这些放松了他的心情，感到水又变得那么舒服、可靠，是自己这边的力量。那晚他赤裸上身，水把背上的大锚托举着，它变轻了一些。

游完泳后，救生员们理理东西，锁好门。锁门是字面意思，把通往泳池的一扇铁门象征性地锁住，禁止泳客再进来，不过谁要是尝试从绿化部分偷闯进来游夜泳，是很容易的。锁门只不过表示，他们对于夜里发生的事情免责。

一天夜里，游夜泳的人来得太早了，他随身带一大团东西，越过绿化带走到泳池边上，席地而坐，把那团东西的一部分塞进嘴里，仿佛在吃它。四个救生员刚刚做好杂事，从各个地方走出来，要一起锁上铁门再离开，突然他们发现异状，稀奇地走过去看。为了安全，泳池边彻夜亮着灯，照得池水周围很清楚。他们已经脱下工作服，穿着自己的衣服和四条不同花色的短裤，站在四个方位上，将那人围在中间。他们见到那是个小孩，六七岁，坐在地上吹充气浮床。小孩发现被活捉，吹嘴从他嘴里掉了出来，他露出全部牙齿讨好地笑了。

没人不认识他，这小孩白天总来，十分不老实，毫不在乎地吃了他们很多哨声，有时他们不得不跑下瞭望椅，到离他最近的池边用手指住他发出严厉警告。可没用，什么事危险小孩偏做什么，攀到大鱼滑梯上跨骑鱼头，坐在池底憋气，有时以庄严的神情助跑，而后投入水中。

"你这样要吹一个小时咧。"目测充气浮床的大小，小个子说。

"嘿嘿，"小孩说，"不用的，我吹起来很快。"

"你怎么知道很快？你该不会每晚都来，你是惯犯吧。"宽肩膀瞪着他。

"没有没有。"小孩连连摇头，说着抱住一大团塑料皮站起来，想从腿之间溜走。

大家挪动了，收紧包围圈。笑脸的腿拦住了小孩。"没人看太不安全了。"笑脸笑嘻嘻地说，马上想出了一个折磨小孩的方法。

小孩在长池深深的水里不停地游动，要是胆敢扶住池壁休息，他们就把他像剥一枚海星一样从池壁上剥下来再次扔回水里，要是小孩试图仰躺在水上休息，他们就伸出救生杆把他弄翻。"开心吧？"他们在池边哈哈笑，说风凉话。直到得到保证。

"救命!"小孩原地踩水叫道。

"我们就是救生员呀。"三个年轻的救生员都说。

"这里有人要救命。"小孩可怜地说。

"他该自己想办法。"救生员们说。

"好啦,"小孩最后拍着水说,"好啦。"

"好什么?"救生员们问。

"以后夜里不来了。"小孩说。救生杆被用正确的方式伸了过来,小孩抓住它,被拖到了池边。

他一直顺从年轻同事们的安排,帮助训诫了小孩,令他吃惊的是,湿漉漉的小孩到了地上只是"哎哎"地叫唤两声,拧了几下湿透的衣服,便抱起塑料皮准备原路撤离,小孩身体素质不错,未来一定是游泳好手。

"那里!"宽肩膀提醒。

小孩嘿嘿笑着,从树边退开,由铁门走了出去。

他们一直遥遥跟在后面,最后见小孩在路上拐了弯。走进一栋房子前,小孩转身向他们挥手,四个救生员中有三个人也向小孩挥着手。

"是和亲戚住的小孩。"后来他们继续走时,小个子向他介绍。

"是吗?"他说。他本来担心第二天会收到父母的投诉。

"是想长大当船长的小孩。"宽肩膀也介绍道。

"船长?"他说。

"因为把他交给亲戚寄养的爸爸是船长,他也想当船长吧。""所以各种扑腾,为将来打基础。""假如不要太顽皮,活得到将来的话,是有可能的。""现在爸爸跑远洋,妈妈好像另有故事,不在这里。"宽肩膀和笑脸交替着说,这些都是他们从泳客嘴里听来的。

"那我们今天锤炼了他对吧?"小个子说。

"让他更接近船长的水准了。"宽肩膀说。

"我们是好教练。"笑脸自豪地说。

"可惜管不住,他明晚还要偷偷来的对吧?"小个子又说。

"可能后天晚上来。"宽肩膀说。

"最晚后天来。"笑脸同意。

"但总之,今天他的泳技又被我们调教得更好了,安全系数变高了点。"小个子说。

年轻人这么乐天，真使他没什么好说的了。他们在路灯下分开，各走各路。

他家离泳池相当近。

妻子会为他留晚饭。他吃好后，有时看到电视在播，妻子在沙发上张着嘴睡着了，曾经又黑又滑的长发近年来收缩成半长的卷发，留到肩膀以上，她睡着后换上了一副严肃的表情，他端详着：好奇怪，竟像他小时候最讨厌的班主任。并不是出于关心，而是不喜欢班主任坐在自己的沙发上，所以他总要作弄她，她被推得滑稽地东倒西歪，于是班主任消失，熟悉的妻子喉咙里"嗯"了一声回来了。妻子只承认睡着了三分钟，倔强地还要再看两集电视剧。

"小港口好吗？"她会一边看电视一边问。

以前他当引航员，一半时间在深夜到家，妻子在床上半梦半醒地翻翻身子迎接他，也这样含混地询问港口情况。几个月前，知道新工作是看泳池，她出于对他的熟悉以及神奇的共情天赋，自动把泳池称作"小港口"，又用和以前一样的口吻向他发问。也问候他的新同事："小伙伴们呢，相处得好吗？"

"好得很。"今天他说。他随便地跟着妻子看电视，想起了那个小孩，"我们完成工作，再做了点事，有教育意义的、善良的那种事。"

"是吗？那不错。"她说。过了一会儿，她把遥控器放到他肚子上，遥控器在肉的坡面上摆动。

"不看了？"他问。

"有点傻。这个男的得了绝症，想在死前寻找生活的意义，后来就爱上了那个女的，但是时间不够用了，结果他们表现出来都很变态。"她说。

他转台看起了气象频道，妻子觉得比任何电视剧更无聊，而且她年轻时就经常听他聊天气，已经深刻地厌倦了。她走开去做别的事。

现在是台风季，陆续有台风过境。他一直关心第17号台风。过去四五天，一个后形成的台风利落地从大洋登陆，绕过他所在的城市，再深入内陆，消亡在一道山脉前；而早于它形成的第17号台风却一直在近海徘徊，跳着恐怖的圆圈舞，每次似要登陆又转身扑回大海，每多转一圈，就多酝酿了一阵大自然的智谋，也就越不好对付。

若干年前，他的职业生涯就告终在这样一场强台风下。

以往他曾在许多恶劣情形下，在雾中，在大风大雨大浪中，在舷梯结冰的下雪天，在仿佛有水底恶灵搬运大船的诡异航道上，他登上船只指挥若定，帮助它们出入港口，从而获得多枚引航员金章、银章，但在结局面前它们化为闪光的讽刺。

电视机上不断旋转的云图动画，令他的晚饭也在胃里打转。

两天后，第17号台风在人们睡着时突然终止海上旅程。

当时它的运行趋势指着另一个方向，但它花几个小时强行扭回来，天亮以前挨近海岸线，之后就如比萨轮刀切开比萨一般，快速直入内陆，逼近这个城市。

铁门被风拉扯，又被锁链约束，反复挣出一个小角度再狠命撞回去。

树叶被富有弹性的树枝送到它们从未去过的地方，有些就离枝飞走。

天空先被云快速拭擦一遍，接着云中降下豪雨，一瞬间浇湿所有露天的东西，大风再把它们扫离原地，混成一堆。

这只是清晨，是台风快来时的狂风骤雨。

到了下午，台风正式抵达这里后，风雨又进一步加强了。见识到台风破坏力的人，忍不住黑白不分，为它带来的壮观景象喝起彩来。

今天泳池当然关门，然而宽肩膀打来电话时，他不在家，他的妻子接起了电话。

"这种天气……"宽肩膀听说他出去了，难以置信。

"但是，"妻子智慧地说，"你来找他，不就是叫他出去吗？"

"不，啊，说不好，可能有点那个意思，因为莫名其妙地我有点担心。"宽肩膀说。

妻子安慰了年轻人几句，她不害怕丈夫会出意外，以前他的工作就是解决困难、避免意外。而且她为丈夫开心，他有了可以交换家里电话号码的新朋友，这可越老越难得。

"这雨……"宽肩膀突然打断她。一阵最大的雨此时以打击一切的气势浇灌下来，雨滴锤击房子，间接压迫着房里的人，使宽肩膀在转念间怀疑室外将无人生还。

他来到这里时，泳池成了一碗杂汤。大风击溃了长池顶上的棚子，锋利的碎片搅在水里。两条内含简易滑梯的彩色大鱼只剩一条在原地，另一条彻底从底座上断裂了，翻倒在水里。明明收在杂物间的太阳伞，被了不起的神风搬运出来，撕开伞布和钢骨，同样洒在水里。还有周围摇得魂飞魄散的树，断枝残叶掉在水里。

天色暗如夜晚，就在这时最大的雨下下来了，疾风一吹，他的脸皮脱离骨骼肌肉在脸的表面波动，但他极力睁大眼睛一瞧，小孩就在危险的垃圾中间，在池水中翻滚。

想成为船长的小孩，趁着恶劣天气再一次偷闯进泳池，想要磨炼自己，很快就清楚不可能征服这片水域，反而像一块小的肉在一只满是材料的锅子里打转。锅子剧烈一颠，突然间把一切抛到空中，下一秒又接回了它们，小孩身上被割破多处，颠得晕头转向。

爸爸，我可能得死了。

小孩正这样想，一个牢靠的力量抓住了自己。小孩手脚并用攀在了那力量上面，被带去水中更深的地方，稳稳穿过激流前行。机敏的小孩识别出，这是一个人。

不会有事的。他跳进水中迅速抓住小孩，在心里做出保证。

锚男

他无法忘记自己身为引航员的最后一天。那艘倒霉的邮轮远远跟在台风后面航行，台风的路径原本清晰确凿，邮轮打的主意也好，打算在台风登陆后，再停靠港口。但台风戏弄了它，突然掉转头，从它侧后方展开奇袭。邮轮两次呼唤引航员，然而引航艇不可能靠近它，几个小时内邮轮在他和同事的眼前翻沉，港口近在眼前，人们却命丧大海。

但这一次他相信，能够安全地引领未来要当伟大船长的小孩上岸。他可以办到。向什么祈祷才好呢，他决定向自己。我是一个有锚的男人，他心想。由于辜负使命，他久已以背上的文身为耻，现在它却令自己非常沉着有了希望。

他们在浑浊的水里推开杂物，他感觉很稳，和平时游泳差不多。不久他触到了池壁，紧紧拽住小孩往上浮。顶上风浪更大，突破水面的一瞬，他以为也可能看到多年前那片大海，看到倾斜的邮轮和穿橘色救生衣的乘客，但是没有，他们还在那方泳池中。他把正咳出脏水的小孩固定在肚子和池壁之间。

经济型越冬计划

他弓着背坐在床沿，手肘支在张开的两腿上，落入视野的是一双干枯的脚踩在马赛克地砖美丽的花纹上，右脚的脚踝系着块牌子，上面印着一行条形码。他羞愧地想，趾甲这么长了应当剪一剪。他只能朝一小块地上看，因为恶心感从身体里不断钻出来，将他固定成弯腰姿势。胃最后一次剧烈痉挛了，想从空的身体里硬挤出东西来，他将肩膀往前一耸，头往更低处一埋，发出响亮的干呕声。随后他轻松了许多，坐直身体。

普通病房的病床不是一排，就是面对面排成两排。这里不是。这间房又深又宽，纵横对齐的都是床，床之间留着小过道。床也许有一百张之多，也许更多，都短得出奇，不足普通床长度的三分之二。床几乎睡满了，上面的人受条件约束一律侧躺,自颈部以下覆盖一张白被单,蜷缩的身形从被单下浮现。他们睡着了。

几分钟前他也在睡,他和这一百个人一起,侧躺在白房间里的白色短床上,白色的灯光均匀地从天花板洒落,照在最最白的所有人的脸上,是突然加速的心跳和呼吸让他醒来的,胃部的抽搐紧跟着到了。

枕头边有张卡片,他捞了两次才拿在手上——

> 致苏醒者:保持安静,缓慢匀速地行动,尽早回来。

麻木的头脑空转了一会儿,渐渐地产生出了想法。啊,现在是残酷的冬天,他想起来身处这里的原因,自己正参与一项越冬计划。他的一百个室友也在该计划中。休眠阶段需要间歇性地醒来,适当调整身体机能。各人有各人的苏醒频率,现在轮到他醒了。冬天很漫长,他记不清上一次醒是什么时候。

现在得去处理几件事。

他站起来,找到门的方向。不过,当他开始在大量细小的过道里移动时，就如在迷宫中徘徊，有好几个瞬间搞不清是正走向门口或是离得更远了，说不定是在某些床位间来回瞎走呢！他审视床上侧着的半张半张脸，试图以它们为路标，但是，尽管有男有女，长相不同，却给他极度相似的印象：眼球快速运动，颧骨高，脸颊塌，表情半是满足半是忧伤。要是有支记号笔，最好是红的，能在经过的脸上画一道就好了。想到这里，他弄笑了自己，人更精神了些，路也走得有进步。

一出大病房，走廊上的寒意扑面而来。门口有只大筐，里面搅着一堆棕色的东西。是毛毯。他拖出一条绕过脖子披在病号服外面，别人的体味加热后钻进了鼻子，他以手固定毯子下摆，另一只手隔着毯子连续抚摸了几次突出的肋骨，他没有肉，瘦得很厉害。披毯子这个动作他很熟悉。大筐旁边丢着一些拖鞋，他挑了两只穿，挑拖鞋这个动作，也很熟悉。

走廊里有好几个苏醒者，个个身披毛毯，久睡后仪容糟糕，有气无力地走，右脚踝上各挂一块牌子。他们顺着"取餐"的指引标志往一个方向去，在一堵墙前面排起了短队，墙上开着一个上圆下方的洞，墙后有个人向他们递出一支支牙膏样的东西,他领到一小支,站在原地还想索取,但是墙后的人从洞中伸出手摆了一摆,示意限量供应。半个手掌长的小管子装的是营养剂,他旋掉盖子,往嘴里一挤而空,那果冻状的味道淡淡的东西不可捉摸地溶解在身体里。这件要紧的事完成后,他和几个人走进厕所尝试排泄。过了很不短的时间,他终于扶墙而出,蹒跚着回到走廊,一直走到靠近螺旋形楼梯的一块休息区,他坐下来,面朝窗口。

他所在的这家综合医院本身是一个漂亮的大园林,建筑全在四层以下,到处是草地、花圃、树木,处处可见投资人的财力及审美,创建以来多次修缮,使它又在古典和现代化之间找准平衡点。医院的地下密布通道,从前战时,贯通建筑物的地下通道曾经发挥过供周围居民避险避难的作用,那是一段经久流传的人道主义美谈了,现在它们是医护人员的专用通道,并用来在各科室和病区之间转运病人,因此又为地面之上保留了更多的平静和美。从这面窗望出去,视野中心有座圆顶的小房子,它正位于数条主要的地下通道的交汇点之上,一圈秀丽的树木围绕它,小房子里集中了医院的手术室。此外,他还能看到远远近近有好几栋建筑物,被大树掩映着。

医院现在全面停诊,腾出来专门安置越冬的人,每栋楼里的每间病房的情况和他住的病房相仿。整个城市中,很多家医院情况也如此。整个国家中,数量可观的人正在各家医院里参与经济型越冬计划。

把拖鞋留在地上,脚搁到椅子上,用毯子裹牢全身,这样就不太冷了。他望着风景画般的窗外,也无人影,也无飞鸟,薄雪覆盖的树木纹丝不动,每栋建筑都如此平静,一切仿佛被冻结。自己在这里住了多久了呢,一个月?一个半月?他猜现在是下午。他一面向外看,一面等待刚入院时就用药物调低了新陈代谢的身体再次发出召唤,叫自己回去睡。

记得第一次接到宣传单是在下班路上。

什么东西。他当时草草一看,揉起来扔了。

他自己经常做发宣传单的工作。有时钻在卡通动物的厚衣服里面,得通过动物的嘴看外面的世界,好像他不是人,是卡通动物的灵魂。有时前胸和后背各贴一块印有促销内容的板子,也不像人,像三明治。虽然很怪异,也很

经济型越冬计划

辛苦，但装扮好后再去路边营业，本人比较不害羞。反而是穿正常服装发宣传单更没尊严。他讨厌宣传单。

第二天，他一出门又收到同样的一张纸。附近每个路口都有人在派发那张纸。走远一点，也没超出那张纸的势力范围。

很快，电台和电视里开始播放相关内容。他从电视里看到宣传片，像一出短剧，一些演员身穿超大号连帽衫，抓绒材料的，棕色，帽子上有一对耳朵，演员的鼻头涂成黑色，手上还戴手套，原来在扮演棕熊。他想，和有时候发宣传单所穿的道具有点像。这些大熊小熊、男熊女熊起先无忧无虑地玩耍，但接着背景变得萧瑟，它们显得不快乐，它们走出镜头，走回来时每头熊的腋窝下夹着若干彩色软垫，熊爪摆弄软垫，在地上搭好窝。听说棕熊是这样的，冬天来临前找一个隐蔽处，因地制宜地挖出坑，搜罗苔藓和枯枝，填进坑里，等气温一降至足够低，就爬进去睡。总之这些演员也演绎了这一幕，当熊倒头美美大睡时，电视屏幕上出现几行揪心的大字：

在冬季——没有固定工作、没有配偶、没有存款、辛苦筹措房租、孤独、死去也无人知道。

接着以上大字消失，替换成新的一行大字：

经济型越冬计划！

这行字随即也隐去了。现在看到熊在彩色软垫中安乐地冬眠，一抹神秘的微笑浮现在面部。几秒钟后，电视中的背景恢复成暖色调，熊睁开眼睛，它们在春天苏醒了，一只熊滚爬起来，所有熊载歌载舞。

和棕熊篇对应的还有松鼠篇、刺猬篇、蝙蝠篇。

即使蝙蝠也不使人感到可怕。这次参演的都是小朋友，穿黑色的袖子宽大的衣服，张开手臂乱跑，嘴里不断说"哒哒哒哒"，假装在利用回声定位系统飞翔。后来小朋友们停止飞，头下脚上地从电视机顶部集体倒悬下来，当然，拍摄时他们仍然站着，是把画面颠倒着放出来而已。小朋友们动作一致，双臂交叉抱于身前，做出蝙蝠用翼护住自己进入冬眠的样子。就在这时，屏幕上打出相同的几行大字。有人觉得小孩可爱，是笑着看的，但是每当看到这里，笑容就在脸上变得残破而且无法修复了。

宣传片从夏天起播放。夏天到冬天之间，有更多信息向大众披露：该计划的规模、安全性、执行方式、报名方式。人们知道了，这不是开玩笑。

那些残酷的大字当然也不是玩笑，是描述现实的非虚构文学。经济急转直下的态势已经持续好几年了，经济范畴中的所有数据正在跳落深不见底的悬崖，所有此前没有积累出财富的人，其人生也随经济数据同步下探。颓废者很多，不但是此刻穷，而且觉得未来没有希望，无法体面就业、经营踏实的婚姻、充满信心地抚养后代。这几个冬天，社会上尤其弥漫着绝望气息，谁都能嗅出来。

何妨去睡一觉呢？大家想，跳过一段日子，醒来时或许状况会好转。假如还是一样糟，那少过几天糟的生活也好。

非常靠近冬天的时候，播放了一条终极版宣传片，以宇航员利用冷冻舱休眠把自己送往新世界做比拟，敦促犹豫的人们下最后的决心。

因此他报名了。光是去睡觉，不用工作，而且作为第一年参与计划的人可以领一份津贴。他得到这样的承诺。

他做了体检。体检通过了。去办事处签署协议时，他看到墙上贴着和宣传片配套的海报：宇航员半坐半躺在各自的冷冻舱里，伸展一臂，抓住舱门内侧正要将其合上，冷冻舱排成一列，近的大远的小，最远的一个缩成小点点。这画面使他共鸣，并终于释然了。自己这些人就像宇航员不是吗，人类社会不可能总是向上发展，需要有人勇于穿越低落时期，那或许是另一条伟大征程，津贴基本上就是为此支付的。

他们集合的那天，恰好刮起了冬天第一阵寒风，风似为他们送行。广场上排起很多条队伍，每条队尾站着一名工作人员，手中高擎写有数字的牌子，他对照协议书上的号码找到自己的队伍。一排进去，队伍不由分说地缩短，他只好前进，回头一看，身后又续起了长长的人流。这下退不出去了。在各条队伍的头部，大巴士在等，每辆巴士一装满即发车，比他计算的速度更快，他就排到了头。巴士启动了。他趁车绕出广场前居高临下一望，长队依旧。这时，坐在最前排的一名随车人员站起来，顺中间过道走了一趟，向两边座位上发药丸。事已至此，连他在内的所有乘客都没有二话地接过来吃下去。当巴士驶进医院大门时，困倦感袭入身心，但他仍然清晰地感到一丝幸运：自己被分配住进了一家优美的医院。他不太清醒地下车，与大家走进更衣室，再被领到一张短床前，来不及思考更多，就如棕熊、如蝙蝠、如宇航员，在白房间里沉入深黑色的睡眠中了。

"你会不会每次醒来，都把怎么来这里的过程再想一遍？"

"我会的。"

这问题太像是自己心里流淌出来的，他顺口回答了。过后才用迟钝的目光搜寻真正的提问者。

不知什么时候，休息区来了第二个人，已经在他旁边坐下了。这人也身披棕色毛毯、脚踩拖鞋，他们的模样很不现代，憔悴中带着野性，像部落里两个等级很低的成员。"我也会。"这人说。

经济型越冬计划不建议人们中途聊天，这会浪费体能。他以为对话完毕，又去看窗外雪景，辨认雪之下的建筑物和植物。但是沉默一阵子，这人又问："你刚才成功了没有？"

"成功什么？"他说。

"我在厕所看见你了。"这人说。

"哦那个，成功一点点。"他心里却想，不堪回首，此事曲折痛苦。

报名后他曾看过一些资料，棕熊在冬眠中也要多次苏醒，但只在冬眠完全结束后才排泄，到那时它的直肠末端累积了又干又粗又长的屎，一下子拉出来，想来更痛苦吧。还是像这样少量多次可取。

这人继续提了多个问题，基本上围绕他的生理和心理上的体验。由于双方对于说话都较为生疏了，他们是克服巨大困难在进行对话的。

后来这人似乎汇总了他的回答与自己的感受，感叹道，这里和想象中不一样。他正在思考怎么回应，这人又问了一个他从没想过因而一听之下感到震惊的问题。这人问道："你觉得，最后我们都能出去吗？"

他聚精会神地向其邋遢的脸上一瞧，提问竟是认真的。这人脖子以下藏在毯子中，面颊如自己一般塌陷，神情焦虑，凑在他侧面，顺着难闻的口气一连说出几个相互关联的猜想。

第一，到了春天他们不会被唤醒。在这人看来，现在很可能早就不是冬天了，也已经过了春天，外面的人正在过夏天，甚至秋天。他们每隔一段日子短暂苏醒，醒后重复相似的念头和行为，在重复中模糊了时间概念，无法追究到底过去了多少日子。而院方使用一些手段蒙蔽他们，除了利用他们吃药后混乱的头脑，再就是在房子里开冷气，再就是在林园中造景，布置成冬天。这人说，现在无法证明窗外不是布景，我们都太虚弱，以至于走不到那里，我们下次醒来看到的是它，我们每次醒来都看它，自从大巴士把我们运来，说不定看了整整两三年。

第二，经济型越冬计划的目的不是对他们提供帮助，而是进行集中管理。很多人都是经济不好的受害者，其中有的人能够挣扎着重新站起来，他们失败到底了，通过这个计划把他们筛选出来。筛选方法简单极了，播放该计划的宣传片，产生心理认同的人就会走到报名点自投罗网。下一步是收集他们。

第三，他们被收集在医院，医院成为人体储藏室。历史上从没有哪个时期各家医院收集到了那么丰盛的可用的人体。回想当时，报名者都接受了体检，只有一部分人得到一纸协议。这人又一次发问，究竟是根据什么检查标准通过一些人，拒绝另一些人，并把通过的人分组送往不同医院的呢？说到这里，这人叫他听。他不知该听什么，什么异常也没见。这人神秘地说，现在的确听不见，但是，每逢一辆手术推车在地下通道里被医护人员推着走，震感和嗡嗡声就会传到楼上，推车上当然躺着某个昏睡的人，他被送进手术室，立即丢失一些宝贵的东西，那些东西马上被放到冰盒里，送进别的手术室，装到另一个人身上。

第四，他们其实已经死去了。并不存在上述阴谋，从头开始，发宣传单、播放电视广告、报名、签协议、排队乘巴士，人们是在认真执行经济型越冬计划，只不过，执行到他们被送到医院这一阶段，计划失败了，因药效失控，他们都死在了短床上。这人说，现在你所看所想，包括听到的我全部的话，都是你根据生前见到的最后一幕做的幻想，你或许在乘车时见过我这个人，我坐在你的邻座，我们一起走进了更衣室，你想象了此刻的事，你的意识还飘荡在医院里。

这人好不容易说完，唇上都是令人绝望的死皮，毯子底下急剧起伏，好像机密的话从身体中讲出去，胸口空了一块，因而需要重新布局。

"是吗？"他困惑地说。

他尽量去理解。就是说，他们被骗过来，窗外的风景始终布置成冬天，用以迷惑他们；他们吸食营养剂维持生命，真实目的是为特权人士储备身体器官，他们有的人会被选中，失去身体的一部分。是这个意思吗？或者就是，他们被诚实地召集过来，参与伟大的项目，却已经丢了命？权衡一下，他说："那我还是更喜欢你前面说的，不喜欢第四点。"

这人低下头轻轻咳嗽。

疑问缠绕成一大团，阻塞在他心头。不知道这人的底细啊，这人的精神状态好吗，是不是休眠太久弄伤了脑子？这人提到的事情中，哪些马上可以被证实，或者能够从当中找出漏洞来反驳？他向窗外看，特别留意手术室的圆顶，白雪点缀着它。又是下午，自己总是看着下午的雪景对吗？他向走廊上看，几个背影在移动，有的去取餐，有的去上厕所，有的正摇摇晃晃走回病房，大家和自己一样，都没额外的力气再多走一步路。他又听，却只听见这人在旁边咳嗽，还闻到从气管深处喷出来的臭气，这人刚才讲得太累了。他将手伸进病号服下面，缓缓地来回抚摸，小腹和两肋上没有伤疤，至少自己还未被利用过。经济型越冬计划究竟是怎么回事呢，他边摸边想，这真奇怪。

这时人深吸一口气，咳好了，脸色却比刚才更差。

"你要叫护士来吗？"他一眼望见最近的墙上有一枚按钮，可以用来召唤护士。如有需要，按铃呼叫。还有公用的毛毯拖鞋、小尺寸的床、供暖不足的走廊。不管经济型越冬计划究竟是什么，"经济型"的本质就是如此吧。

"不用。"这人说。

"那么我……我头有点昏，要回去了。"自己要使这人失望了，原来困倦可以战胜恐惧，他无力再追随这人的思路了。

"等一下。"这人急忙说，同时从毯子里伸出手来，他只好也将放在病号服里面的手取出来，两人道别地一握。"请记住我好吗？"这人握着他的手说。

他想，不敢保证。

忽然这人的另一只手也出现了，抓着他曾经期待拥有的一样东西，在他手腕上快速画了画，然后两只手一起放开了他，霎时间都缩回了毯子中。"可能我们不会再见了，也许你会忘了我,看到这个,就可以顺着线索重新想起我。请不要把我忘记好吗?"这人说。

在手腕上作画的是一支红色记号笔,他想问问这人是怎么做到随身携带的,可自己的脑子已经动得太多,倦意不由分说地袭来,眼前的脸变得模糊,手上的画他也难以看清,更无法再就什么发表意见了。唯有这人表现出来的留恋自己的情感,激起他内心强烈一震。

他道别了,脚摸索着踩进拖鞋,离开休息区。他在病房门口归还毛毯和拖鞋,走进白房间,穿过一些沉睡的人,倒在找到的第一张空床上,蜷起身体,盖上了被单。

黑暗附着万物,但他在这世界里仍有知觉。

他嗅到了枯草和泥土的香气,感到小腹底部有团超级大的硬块,那是自己的屎,惊疑地再一摸,身上全是毛。啊,自己是冬眠的棕熊。

他忽而又发觉脚趾在生长,长得坚韧有力。床从身下消失了,双手抱在胸前倒跌下去,紧急中,脚趾牢牢抓住一样东西,血液冲向头部。他明白自己是倒挂的蝙蝠。

再有一次,他是躺在冷冻舱里的宇航员,他摸到自己身处一个小匣子,向内心观望,则看到了一幅辽阔的宇宙。

各种梦做得十分多,却也不很像梦。另一个梦是这样的:他的脚很冷,这是由于来了两个人,他们站在床尾,掀开被单翻弄他的脚牌。"嘀"的一响,一台手持的仪器扫描了条形码。"不符合。"两人读取信息后说。被单盖了回去。他听见两人去旁边床上掀被单翻脚牌,越翻越远,连翻了十几张床。他听见仪器忽然发出特别的嘀嘀声,察觉一件大物被搬出病房,跟着,走廊上响起手术推车的声音,推车越推越远,越推越远,声音渐渐从地底传来,轮子咕噜噜,咕噜噜。如果说那也是梦的话,梦太真实了。

他在梦之间苏醒多次,每次都经历气喘、恶心、腹痛等一系列痛苦,不过和清醒地连续不断地在生活中煎熬相比,这种痛苦算舒服的。每次醒来他都受"致苏醒者"小卡片启发,重新再理解一遍处境。他会朝休息区外面的雪景望望。他闻到毯子好臭。他偶尔会在看一眼手腕后怔怔出神。

休眠正式结束。

那一刻他坐着,和一百个室友同时干呕。百人干呕,他此生未听过那样的声音，很久以后都难以忘记。每个人都丢掉了很多体重，前后摇动身体。

护士们手捧托盘走在小过道中，请他们喝掉纸杯里的药水。

是什么？有人边干呕边问。"调整身体循环系统的，喝了你会感觉好点。"护士说。

一个小时后他换回自己的衣服，在医护人员引导下走出这栋楼，穿过一小片花园，来到医院最大的一栋楼的底层大厅。他排进一条长队里，隔离栏让他们一来一回地折返排队。他挪动脚步，听周围人闲聊。十几个星期眨眼间过去，越冬计划成功了，也不是说获得多大的享受，但是考虑到它是经济型的，体验就还不错吧，不用四处找工作，不用受气，不用为破事操心，只是躺着而已，像度假不是吗，明年还考虑来。人们说着这样的话，他听着，不时往人群中张望。

守在队伍尽头的是一排运动员般强健的女护士，每两人搭档。排到的人把一只脚抬起来，踩到椅子上，由一名护士弯腰拆下脚牌递给另一名。那名护士坐着，使用仪器扫描脚牌上面的条形码，再看一眼电脑上弹出的数据，并机敏地敲击键盘，最后将脚牌扔到她们身后地上的脚牌小山中。

排到他了，他问护士，会不会还有没醒的人落在里面？护士回答，病房里没有人了。他变换句式再问一次。两名护士在口罩上方对视，交换了谜般的信息，随后一起看着他，又一起看向下一个人，他不得不从她们面前走开了。

这样就办好了离院手续。他离开这栋楼，想到园林深处瞧瞧，可一名保安立即发现了他，请他跟随别人从大门走出去，解释说医院内部正在全面消毒。

薄雪消融了，擦着保安帽子往斜上方看，穿过密密的树枝，见到手术室屋顶的局部。他转身走开。走出大门前他停下来一次，低头注视自己的手腕。虽然有些斑驳，大部分笔迹保留了下来。

这人用红笔画了一张简笔的人脸，很潦草，很抽象，像儿童画，具体就画在戴手表的位置。"请记住我好吗？"这人的话又一次回响在耳边。可这样怎么记得住，它像任何人。为什么不写名字或电话？

他刚才在干呕和排队的人中间没看到这人，也可能看到了认不出。再见了,特别悲观的朋友,他在心里和他道别,希望你平安无事。

星战值班员前传

他活到四十岁才开始思考星球大战。

他的家庭在头几年相对平静，后来妈妈病故，爸爸娶了新妻子。在他读小学的一个平常的傍晚，晚饭过后，爸爸说去散步，他趴在二楼窗口往下看，见到爸爸站在底下街道上，头顶繁茂的黑发，穿旧衬衫的两肩微微朝前合拢，只听一声轻响，马上有一股白烟从头前冒出来，很快环绕在爸爸四周。爸爸点好那支烟，抽着它缓步走开了。原来那竟是父子二人相处的最后片刻。爸爸跑到郊外卧轨。饭后卧轨，实属罕见的自杀方案，原因也说不清楚，爸爸给人的印象是一个若有所思的愁容男子，一定是觉得人间没意思吧。继母不得已，勉强抚养他。一年之后，她和另一个男人结婚。过了几年，新家里冒出一个新的孩子。再过几年，继母和继父在激烈争吵中离婚，就是那个新孩子他们也希望对方收下，他就更没人愿意接手了。好在那时他已经长大了，照顾自己没问题，他住进学校宿舍，混过最后一阶段校园时光，成绩不错，放弃了考大学。成年后，每当回想以前，大海就会自动跑进脑海，他一生没有接近过大海，实际上想起的是动画片里的航海故事：一个海盗团伙不断地修补严重受损的海盗船，修它的梁、肋骨、舱壁、甲板、外板、桅杆、帆、瞭望台、人们远远望见就不寒而栗的海盗标志，以及安装于船体两侧的十四门大炮，它每一寸都被修补过，一边航行，一边蜕变成和最初下水时根本不同的另一艘船，而海盗们依然乘坐它巡游在波涛间。他觉得自己所乘的生活的小舟就类似那种船，他在上面活到今天，万幸没有落水。

开始工作了。待在一个极小的玻璃亭子里，身体嵌在里面似的，管理进出停车场的车。在流水线上，玩具小青蛙从上游陆续移动到面前，他快速地挨个玩一下，保证发条装对了，坏的扔进脚边纸盒，护送合格品重回传送带，去找下一个工人。在景区的游客中心，回答游客千篇一律的提问。带客户看房。花园式酒店里开电动摆渡车。运送会务外包餐食。入剧组清点道具箱。干得杂七杂八,其中不乏有趣的工作,也有一天下来令人一次也笑不出来的工作,钱总是不多。

和一般人一样,有过几段稍长和稳定的感情关系,不过总体匮乏。最后他倾向于永远做一名单身汉,那最快乐最省事。可别又弄出一个什么家庭,万一有的话,他预感那个家,不,那艘船,底部没几年也会漏的。更不要再弄出一个小孩,害那小孩破船烂海走一遭了。

当他在这天的面试中听到"星球大战"时,以为听错了,原因就是这几个字以前没写在他人生中。

"你是说,世界大战?"他谨慎地问面试官。

他同时思考所应聘工作的正义性。难道说,雇主有军方背景,仓库里的东西要拿来打仗?前几次世界大战已成历史,人们总说会有下一次世界大战,但又以为是遥远的未来,那么,它其实近在眼前了吗,自己通过面试就会被卷入其中?

面试官否认了:"不是。"

他与面试官的椅子面对面摆开,他们坐在一个很大的、空无一物的空间里。他是按电话里说的地址找来的,在闹市街面上立着一扇极为高大的门，门锁住了，他推了推大门上嵌套的和人成正常比例的小门，小门打开了，他走进来。里面只有局部地方开着灯，面试官已经坐着等他。在他们所坐之处的几米开外，渐渐暗成一片未知，这使他失去了对空间纵深的判断力，只是确信，这里比他曾打过工的一个水产品冷冻库、一个羽绒服仓库或任何其他工作场所都要大。

面试官长着他平生所见最为光滑的头颅，往下是光滑的面容，呈现硬朗的、金属般的质感，一侧脸颊上突兀地散落着几颗小斑点；年龄在三十岁到四十五岁之间，好像存在一个年龄曲面，别人的视线每投射一次，滑落到上面不同的地方，于是做出不同的判断；身穿一件猎装风格的合身外套，颜色是含糊的暗色；举止中自带一股能压服人的专业力量，却轻易不将这力量对人交底；极少小动作。

"的确是星球大战。"面试官说。

面试官询问他的工作经历，他回答着回答着，心中不是没有疑惑，对方好似做过背景调查，对自己了如指掌。面试官接着以平静的口吻介绍道，这里将是星球大战战备物资仓库中的一个，现在招聘一名仓库值班员，工作内容是看仓库。既然不会参与国与国、民族与民族之间的血腥斗争，他起初的顾虑打消了。战争，他知道，哪怕背负一点点罪恶感，普通人的余生也可能被压垮。而星球大战，还没有可与它匹配的现成的顾虑呢，再听说工资优厚，他觉得没有理由拒绝，答应了下来。

几天以后他在合租房里收行李，尽管签了保密协议，他忍不住向同住的工友透露，自己要去星球大战战备物资第四仓库工作了，当仓库值班员。

工友问："有这个工种吗，在哪里找到的？"他两人偶然在打工时认识，过去几年间多次相互帮助，相互介绍工作，最近一起住也住得不错——不是说谁有爱做饭、把马桶擦干净这类优秀品质，或者互为心灵伴侣，而是两人都不会拖欠房租和水电费，是做人有办法、有底线的那种低收入者。

"有哇！星战行业，很多人已经在做相关的事了，它暗中发展很多年，甚至不能算什么新兴产业。不过这些我也是头一回听说。"他又说，"招聘广告就登在报纸上，笼统地写，一间仓库找人，留了一个电话，我打了那个电话，留下信息，没过几天，有个人打回给我。"

工友说:"那你具体干什么呢?"

他说:"叫我去看东西。"

工友说:"听名字,是看管外星人的东西?"

他说:"你没明白,是防御外星人的东西。是军需品,运往外太空的。"

工友直视他几秒钟,最后摇起头。"当心资本家的黑幕。"又说,"小心别叫人坑了。"

其实他也有所担心。说出来就是想在工友这里留个底,以防万一遭遇不测,先给这人手里塞进一条线索。由于该工作包住宿但又未约定清楚工作期限,他和工友商量,暂时保留用板子隔出来的自己的小房间,以后再看如何处理。

当他提着行李到达时,仓库里灯火通明,比他想象中更可观的仓储实力展现在面前。短短几天,巨型货架搭好了,由仓库最里面蔓延到他坐着面试过的地方,从地面直插入高悬的天花板——好大一片钢铁丛林。又大又沉的货箱高密度地安顿其中,数量说不清。无人搬运车还在处理剩下的工作。

在别的工厂他曾见过类似的搬运车,它们是黄色的立方块，每个身驮一只货箱，既操劳又轻松地在地面穿梭，随后登上附设在货架外侧的升降机，到达要去的高度，再沿着空中的巷道钻进货架丛林，它们会从他视线中消失一会儿，把货箱留在丛林深处，不久孤身钻出来，搭乘升降机返回地面。地上有两支机械臂，把堆放在旁的货箱放到空的搬运车上，搬运车又能奔忙一轮。

他这个童年破碎、至今一无所有、也不追求什么的人，弯曲脊椎，仰望了一回无敌大货架。

一目了然，对于无人搬运车、机械臂、货箱、升降机、货架来说，自己是个外人，它们成一套系统，通过仓储程序相联系，他无法插手。他看仓库就真的只是看仓库而已。

仓库里还有一个人，他和这人被一长队无人搬运车分开两边。

他以为面试官又来了。因为这人同样缺少指向精确年龄的特征，没头发，皮肤好光滑，身穿有四个大口袋的稍微收腰的猎装风格外套，被外套裹住的身体透露出它长年累月地经受了高强度训练。他耐心等候车流全部经过，走过去时，却看出两人长得不像，这人个子更高，脸更长，下巴很大很鼓，要是打架的话，对方一定很想首先敲碎下巴，看看里面是否藏着控制这人的核心机关。大高个又开双腿，皮靴牢牢踩实地面，一条手臂横举身前，小臂上固定了一只臂带式手控盒，另一只手在界面上弹奏似的操作。这人是控制仓储程序的操作员。

"没有想到，"他试着聊上去，样子有点卑微，因为他体格差，衣着普通，没有丝毫专业性，"为了星球大战，需要这么多储备！"

操作员偏过脸来认了认他。他看见这张脸上也有几星斑点，长在和面试官不一样的地方。

"只是仓库之一，"操作员言语中透出骄傲，"它关闭了一阵，现在重新启用了。"

他想打听一下，世界各地究竟有多少间这样的仓库，共储备了多少物资，所谓的大战估计几时开始，还是已经打响了？操作员却又把注意力放回工作现场，大下巴冲着手控盒。他想出手握住它，使长脸转回来。当然只是想了想。

排成纵队的无人搬运车又开过来了，他开始在心里称呼它们小黄，每只小黄的身体两侧印有数字，8、35、39、51、74……它们往货架驶去。"第四仓库。"他喃喃自语。

他等着，操作员总该再对自己说些什么吧。"对了，值班室在那儿。"操作员好不容易想起他了。漫不经意的态度叫他再次确认，在这整个不知道多伟大的防御外星人事业中，他是个小角色。

值班室在仓库一角。小的，干净的，水泥色。单人床，工作台，椅子，简易储物柜，洗手池，便池。一面可观察仓库情况的大玻璃，没有朝向室外的窗。他觉得很不错。

仓库值班员的生活即刻开始。如他预料，没事情忙。

早上醒来后，他可以在仓库里变速跑、俯卧撑。最近，大力饱满的男性魅力重新感召了他，但他身体荒废太久，体能衰弱，肌肉量不足，做几组运动就不行了，累得像学新把戏的老犬。接着他可以在仓库里转悠。他入职的那天，操作员很快离开了，设定好的程序对小黄继续生效，它们一直工作到地面上一个货箱都不剩，机械臂将最后一个动作凝固在空中，它们便先收工的先去，后收工的紧跟着，成群结队地跑向充电区排队充电，充电完毕，它们又集中到一个休息区，每只刚一停稳，身上闪烁的蓝灯和运行中发出的小声音同时湮灭了，不久仓库里变得好安静。他记起某年夏天的情景，他在一间有粉尘污染的工厂打工，下班后，工友们也是如此蜂拥着去洗澡，又陆续回宿舍，一挨到床就睡着了。但有两只小黄，它们一个是5，另一个是17，仍到处活动。它们级别更高，他判断，像原先厂里的班组长。5和17总在巡视，清点人数一般地缓缓经过普通小黄的休息区，到仓库几个死角细致查探，因为做这些丢掉了电量而更频繁地充电。他转悠时经常碰到它们，假如自己当它们班组长，它们当自己什么呢？这个招聘进来的人是上级（应无可能）、平级（有轻微可能），还是一般性的路障（应该吧）？

　　如果看不到它们，那么5和17一定是钻在货架里面。他能听见一些声音，是它们在调整货箱，高处的搬到低处，左边的挪到右边，外面的推进里面。他无从知晓它们调整的逻辑。他不明白的另一点是，不同颜色规格的货箱每个都封得死死的，但外面一律印有"星球大战物资（Star War Supplies）"的字母缩写 SWS。而且字超级大，堂而皇之！其实，仓库的方方面面都给他这种印象，既有所隐蔽，又接近公开，比如有一定概率被人推测出含义的字母缩写；比如仓库的地理位置；再比如他好像随便地就被招进来了；

他三餐叫外卖送到门口，外卖员把如此小的一个塑料袋放在巨门边，他开门去拿，他也能出去吃，离开时注意锁上电子锁，保证很快回来就行。也许，这就是自然主义的保密方式吧。也许，甚至不需要过分保密，因为世上已经有三分之一的人知道星球大战，只有自己和合租工友这种人被蒙在鼓里。自己这种人总是最后才听说社会大事件，大事不需要他们参与决策，只需要发生后，他们忍受。啊，早已经习惯了。

仓库里的消遣活动还有看电影。他得到一台电脑，账号的权限很低，尝试深入电脑硬盘和网络，但路路不通，只能用它看预存的影片。他们留给他的影片清一色有关外星文明：星际旅行、星际流放、星球大战、星际联盟阴谋事件、探索外星球、星际求生、星际复仇、地球惨遭外星文明袭击、地球攻占外星球后奴役外星人、星际赏金猎人、高智能机器人、半人半外星人的星际杂交物种。电影技术上，影片从早期的原始特效，一直进步到能轻松呼风唤雨的高科技。演员是灿若星辰，既有已经去世的老明星，也有片酬未在口袋焐热的影坛新人。意识形态方面，爱护和平和鼓吹战争，他认为是一半一半。以前哪有心思，现在，他前所未有地密集观看星战电影，渐渐地，宇宙的豪情往心胸渗入少许。这莫不是在对我进行企业文化的熏陶？这种想法时而一闪而过。

浩瀚星空中，外星人向我们发动突袭，防线被击溃了，我们的人撤退到下一道防线，同时向地面请求：需要武器，需要第四仓库的武器！这时自己出现了，把一整个货架上的货箱交出去，顿时令局势扭转。他在心里编写剧本。

有意思的是，每当他放电影，5和17会在值班室门口用慢速度反复经过，像也感兴趣，像它们身在仓库心向太空。

一连几天平平静静。

第二个星期的一个清晨，他醒来后伸长脖子向着大玻璃看了一眼，只穿破短裤就从床上弹起身。

满地是苏醒的小黄。一些在他的目击下正在醒来，周身蓝灯闪亮，猛然行动了，几乎擦着他腿上的汗毛跑开。休息过后，它们好似特别有活力，又开始搬货箱。这次是从货架上往地面搬。它们背负货箱，搭乘升降机下来，机械臂帮助它们卸下货箱，在地上码垛成几座小山。大货架被逐渐掏空，枯枯的骨头露出来。

没有人指挥。他左看右看，在众多普通小黄之中找到了 5，它也参与在基层劳动中。

"怎么了？"他追赶它，问道，"你们在干什么？"

5 不理会他，只顾跟其他小黄搬货。

被恐慌占据的几分钟如此漫长，他担心是不是睡梦中误触了暗藏着的开关，弄乱了仓库。如果造成极大损失，雇主要向自己索赔，那最好的办法是现在穿好衣服一走了之，今天以后换个地方隐姓埋名地活下去。

但他镇定下来，终于正确地想到，是有人在远程操作啊！

数小时后仓库大门向左右打开，两个工作人员露面，货箱已全部搬到地面，这两人监督小黄再把它们搬上外面的大车，他瞥见车身上也明晃晃地喷涂了 SWS 的标志。SWS 大车一辆接一辆停到门口接货，又开走了。

再过两天，一批新的货箱运达，小黄又把货架填满。这一次，是一个工作人员到场，也对着臂带式手控盒，无言地操作。

现在，他富有识人经验，知道这些人虽然很像，但都是不同的人。较明显的特征是，每人脸上斑点的数量和分布形态不一样。斑点中也许记录了信息，比如他们的姓名、任务、什么时候到过哪些地方,斑点就像商品上的条形码,在星战总部用类似光电扫描的设备照照,就能识读出意义。

这以后,货箱送来运走的事突如其来地发生了几次。他尽量习惯它。

另有几次,和运送货物无关,数名斑点人一起来到仓库,他们站到货架前,交谈时伸出长臂对货箱、货箱的布局,也可能不是对它们,而是对和它们相关的事态、观点进行指点。他被"请"去值班室玻璃后面坐着,听不清讨论内容。

时间很快过去了,随着第一个月的工资到账,仓库值班员的工作变得更为真实了,仓库里发生的事情全部顺理成章,他心想,钱和时间果然是针对世上万物的两种特效理解药。

后来有一天,仓库里来了一个比较爱聊的斑点人,是一名给充电设备和小黄做检修的技工。

技工带来一台不起眼的设备,比较小,将它放到地上,它自动钻入一只预测有问题的小黄的底下,先探出四枚细爪扣住底盘,紧接着往下伸出几根长短不一的支架,这一来把小黄一边顶高一边巧妙地撂翻了。它收起细爪和支架,恢复成原先的样子，并从小黄身上爬开。

他因它展现的力与美在旁边发出惊叹，竟得到了回应。"这像摔跤运动吧？力量加上技巧，把对手猛地翻滚过去。"技工扭动身体向他示范摔跤动作。

"有意思。"他说。

"战备物资更新得太快了，搬运车老在使用，得稍微修一下。"技工说着用一支棒状物体扫描小黄的底盘，他撑着膝盖观看。

"想问问，原因是什么呢？"他大胆提问，"很好奇，是我们的设计不合格，品控做得不好导致废品率太高，还是别的原因？"

"你以前在工厂干过？"技工问。

"是的，干过几家。"他说。

"不是那些原因，设计和品控都没出错。是因为宇宙的事瞬息万变，今天为太空站准备好的物资，到明天就是废品了。"技工说。

"啊，这样。"他说。

"你在想这很浪费，更换掉的物资能不能用到别的地方去？换成以前的我也会这么想。当我干这行以后，浪费成了一个低级概念,没有比星际防御更重要的事了。"技工说。

摔跤机弄翻了好几只小黄,等技工扫描和修理好,它用相反的步骤,时光倒流一般将小黄翻正。他看着技工左脸上的七颗斑点,由电影中获得的知识发想,斑点很像星座,像几点恒星的组合,或许它们不是自己曾想象的点状条形码,里面没有记录个人身份信息,只是他们每人挑选喜爱的星星刺青在脸部,表达对宇宙的敬意。

"那么,"他又问,"你以前是干什么的?"

他没有得到回答。摔跤机完成附近的工作,向着略远处成片栖息的小黄移动。技工脸上有一片难以描摹的表情跑过,斑点跟着动荡了一回。技工跟随摔跤机走开,把背影留给他。

待在照不到日光的值班室里,你确定此刻它的外面是原来的街道吗?整个仓库会不会已经被发射到了外太空?要是现在你打开仓库大门,头顶、脚下与四面八方都是漆黑的宇宙深渊,剩一份外卖孤零零靠在门边。在离得越来越远的地球上,只有久未见面的合租工友在陈旧的厂房里劳动时才会偶尔想起你,主要是在想,要不要找个新的合租人——有时影片看到一半，怀疑和恐惧会这样抓住他。

现在，他正在看某部系列影片的第八集。这集的剧情分成好几线，比较吸引他的是其中两线，一线是两方星舰的激战，是大场面，遥远的星系、正义与邪恶力量的对决、喋血宇宙；另一线发生在一颗具体的星球上，那里有大海陡崖、古老圣殿和一个自我流放的星际武士，另有一个人登上这颗星球去求武士教自己本领。

5和17照例一再伴装路过值班室门口。他忍不住转头看了看它们，等他再次看向屏幕时，意外地，电脑黑屏了。以前从未发生过这种情况。他由轻到重地拍打数次显示屏，电影回来了。一个男人面朝屏幕在说话，既不是经历曲折终成大器的星际武士，也不是苦心寻访武士的那名追随者，影片的前七集中都没有出现过这个角色。在他的困惑中，这个人深深地注视自己并重复念一句台词，镜头迟迟没有切换到别人。

忽然他恍然大悟，而且听懂这个人在说什么了。

这个人也有一张斑点脸，不是影片中的角色，这个人正在一个从遥远世界发送来的视频窗口里对自己下命令，他觉得他身后的背景仿佛电影里经常看到的飞船指挥舱。

这个人说的是:"值班员请注意,请打开墙上紧急阀,等待建立传送通道!"

他一听清楚,立刻推开座椅站起来,走到值班室外面,双手扭动墙上红色的紧急阀。仓库的墙上光秃秃的,唯有这一个阀门,绝不会搞错。他扭动阀门直到极限,转过身来,感到很厉害的波动在荡漾,目睹一个黑圈在仓库的空气里打开,像不认识的狂兽张开它的深喉咙。

他等待着从黑圈里冒出一个人,或者一队人,他想应该会这样吧,他们肯定都穿一样的外套,面带神秘斑点,来主持第四仓库战备物资向太空运输的工作,在他们身后就是视频里那艘星舰。他跟自己说"干得好"!他以为没有出声,但确实小声而兴奋地说了出来。"干得好,干得好!"他鼓舞自己。

波动变强了,把他顶到墙上,同时弄乱了他的思绪。烂底的海盗船,从上游排队跳过来的玩具小青蛙,SWS大货车,仓库门口的外卖盒,以小胜大的摔跤机,影片里让他印象深刻的五种外星人,爸爸被烟雾环绕的俯视图,5,17……在头脑里交替闪现。在黑圈中冒出东西以前,成分复杂的眼泪便流到他脸上。

刺杀平均体

男人一转进小巷立刻后悔了。两边围墙里是从前为安置外来人口匆忙建造的简易房，如今住户流失，巷子里路灯不齐，每深入一步，眼前就模糊一点，最前方一片漆黑，伸进宇宙尽头。他决定不去。想要原路离开，已经太迟了。

尾随他的脚步越行越近。黑影先出现，共有三条，伏地爬行进入巷子，遇上墙就攀上墙，在墙面滑行，后半部分仍在地上爬，最后，连在黑影尾端的它们的主人出现了。是三个人，堵住男人的退路。

晚上好啊，打头的那人说。三个人都阴恻恻地发笑。

男人后退，三人迫近他。男人往巷子深处再退，三人又迫近他，四条影子被推进路灯照不清楚的地方。三人把口袋里的、衣服底下的凶器拿出来了，猛地动起手来。男人毫无招架之力地倒下，因为继续被刺中胸腹四肢，整个人不受控制地在地面弹跳，但过了临界点，说不动就一点不动了。

打头的那人粗声喘气，用死者外套擦拭小刀，又把手按在死者头上，顿了一顿，像含着惋惜之情，红色手指插入发丝，一下一下地梳理，头发被拨到一边。同伴之一让开身体，一条光线照过来。死者有张很普通的脸。

直到深夜，姗姗来迟的警察清理了现场。

下半夜，又有人报警。这次是一个人好似不当心地被汽车钩住衣服，拖行导致严重受伤，最后倒在路边时身体大部分磨烂了。在医院急诊室，破烂之躯长时间得不到处理，来来去去的医生患者似乎都猜出这人被公开处刑的原因，最近这类事太多了。他们都心想，他不行了，生命只是在找一个呼吸的空当溜走而已。

此时，同一家医院的停尸房里还摆着两具较新鲜的尸体，它们和当晚的死者以及急诊室里待死之人有一个共同点：是平均体。平均体正被反对者们接连刺杀。

R听过早新闻后出门，路过出事的巷子，它离家不远。

太阳照着白天的墙，夜晚被斑驳光影掩饰的涂鸦露出来了，咆哮的脸、大字、刺激性的线条，都用足颜料，可一眼能分辨出哪些红色是血迹。地上有一处盖着防水布，以捡来的碎砖压住，四条边底下蜿蜒而出道道血河。

R在巷口，在几个瞎张望的人的背后听了一会儿议论，离开时，见到一个住在附近的年轻同事站在路边，显然，那同事在他关心凶杀现场时就关心着他。他看到同事双眼中射出两束对于早晨而言过于凌厉的目光，之后虽主动把凌厉程度降下约一半，比照旁人仍然太浮夸了，就这样火辣辣地注视他，迎接他走近。两人去乘地铁。

在这天早晨以前，R曾怀疑这名同事时常徘徊身边的目的，会议桌上的盯视，咖啡机前的打探闲聊，从快合上的电梯门里伸出一只手召唤自己进去，绕不开的路上巧遇，莫非爱上自己了，在展开追求攻势？如果不是，那么同事定是在观察，为证实心中某种猜想。在这天拥挤的地铁里，同事变本加厉了。

同事手拉吊环，多次趁着车厢晃动以身体磨蹭他。"超级惨的，"同事附到他耳边说，"扎了好多次。"

"天哪！"他说。

"这里、这里和这里，"车厢一晃，同事刚离远的身体又靠过来，手指比着自己胸腹圈圈点点，"人就断气了。"

"你看的新闻在哪个台，交代得这样详细？"他说，"你好像在现场一样。"

同事比他略高，由上而下地给他一个高深莫测的笑容，又靠过来了，目光细扫他的脸。"我总结的，根据最近每天发生的凶杀案。只要一想就好像人在现场，你没有这种感觉吗？"

报站声响起，他往后避让再次靠过来的身体，勉勉强强地警告对方却更像是提醒自己。"别想太多危险的事，越想它越来。"

他们一同走出地铁站，走进办公楼。他目送同事往办公大厅另一头走去，同事走到远处一张办公桌旁，一边脱去外套一边和别人交谈，声音听不见，偏偏头扭过来，目光准确地穿过许多人和正变得活跃的办公气氛，又看向他。与其交谈的同事，也有意无意地看了看他。

R心里再无怀疑，同事认定他是一个平均体，在戏弄和恐吓他。

R的确是一个平均体。

同事下一步打算怎么做，会做到何种程度？也把他扎几下？R不知道，但他想，快要知道了。

平均体，最早是一家科技公司的专利产品。公司接受委托制造生化人，在一个生化人身上灌入某些人的特征，于是个体能够概括一群人的智力、心理、形态、行为，换言之，它成为一群人的平均体。

平均体最早的采购方主要是财大气粗的大型消费品公司，通常在开拓新市场并批下高额预算时，会考虑下订单。比如，订一个某地区某学历某个收入范畴内的二十岁至三十五岁男人的平均体，再订一个相对应的女人的平均体，用来代表目标用户，公司的研发部、市场部和其他相关部门收到这对平均体后，成天摆弄它们，为的是做出最贴合目标用户需要的产品。小订单来自教育、旅游、文化娱乐行业，所派的用处，大多也是以它们模拟真实用户。接下来出现了科学院、研究所的订单，这回平均体被投入了社会学研究。当你把四个不同省份的平均体或是五个不同年龄段的平均体放在同一个房间里，搭建一个场景，留一些测试道具给它们，你退到隔壁房间，通过单向透视玻璃进行观察，将会看到它们不同的表现，于是你可以写一篇够格发表在专业期刊上的文章，分析或者预判一些社会问题。

R去过人类发展与规划博物馆。它以"空间、人、进步、机会"为主题，划分出几大展出区域。在某块空间，R以为，几面墙上同时在放映无声的立体电影，因为视觉效果如此逼真，他不由得走近一面银幕，这才发现展区其实由若干间连通的玻璃房构成，玻璃房环绕着参观者，里面生活着一群初代平均体，是活的。人们保留了眼前的这一群，销毁了它们的同伴，它们作为展出品，被归纳在博物馆"机会"的主题下，复述一些历史痕迹。

初代平均体是无脸人，空脸上没有五官，视神经、听神经、嗅神经埋在一层特殊的皮肤下，皮肤下还有丰富的表情肌，可以表达情绪。根据所代表人群的平均数据，它们各自获得一个永久的发型，僵硬地固定在无脸的头部。除此以外，身体的其他地方也被略去变化与细节，周身肤色均匀，没有斑点，关节数量略少于自然人。它们是一些简化过的人，原因是当初的设计者在意伦理道德，将它们与自然人做出明确区别。

R向玻璃房里看了不长不短的时间。房间里摆着极度精简的生活物品,初代平均体从一个房间游荡到另一个,有时在椅子上坐坐,有时打开一本书读着,有时躺到床上去,有时蹲下跳跃做运动。有一个从墙上取下一把加油枪似的大东西,枪的后部连着软管,软管另一头消失在天花板中,它掀起衣摆,将枪口抵住上腹,枪管撑开一圈皱褶没入腹部一个孔中,R在玻璃这边仿佛听见树枝插入泥泞地的声音,又见它扣动了扳机,朝腹腔注入食物,这一过程持续几分钟,它头往后仰,脖颈挣粗,一波痛苦微微荡漾在空脸上,末了,它拔出食物注射枪,挂回墙上,它坐到最近的椅子上,好像在沉思。

这一群有男的,有女的。有体格大的,有小的。有一个是儿童,坐在地上玩自己的脚。它们全体身穿令R联想到囚衣的统一服装,赤脚,对这种生活没有表现出异议。

稍微扎眼的有一个。这个平均体身穿统一服装,头戴一顶棒球帽,帽舌深压下来,它应是当年的潮流青年平均体。博物馆管理员破例同意它戴帽子,也许它在这里的地位是平均体小组长,就像动物园里的狒狒王或领头狼,有些优待。R向它看着。它不喜欢像现在这样,R判断。

博物馆里有激起参观者讨论和欢笑的地方,然而人们来到这里一律不太出声,看着平均体若有所思,又特别看看在地上玩的儿童平均体,它应该有一百岁了,还是个玩脚儿童,穿着小衣服,脸圆圆的,在应是嘴巴的地方,总是朦胧地鼓出圆形,大圆,小圆,大圆,仿佛它在无声地唱儿歌,或是模拟吐口水泡。它将永远是儿童,直到机体毁坏,那时就连展出的价值也没了。

R看了一圈,又把目光定在戴帽平均体身上。不像其他平均体沉浸在各自的小世界里,它有蛮长时间静立不动,双脚略分开,手臂自然垂落,无脸的脸朝向参观者。它在参观外面的我们,它在参观正参观它们的我!像是回应他所想的,戴帽平均体突然从玻璃房深处笔笔直地走过来,帽舌直戳到玻璃上,两只手掌紧跟着也贴上玻璃,它掌心有寥寥几根主要掌纹。它和R仅仅相距一臂之远,R心脏猛跳两下,看清它脸部肌肉收缩牵动,表情是怒与笑,但是哪种笑呢,又难以言表。R离开"机会"这一角落时,频频转头看它,它仍旧贴住玻璃,空脸追随着他。

R与初代平均体隔了好几代,和自然人进食方式一样,外貌一样,有整张脸,头发会掉会变长,身体会衰老。但他以后也总是想,那个戴帽子的前辈当时认出了自己是什么。

R察觉自己在同事中暴露的那天，下班回到家后，坐在桌子前发呆，两只手握在一起放在桌面上。不知何时，电视机打开了。不知何时，手边出现了脏盘子。原来自己打开电视机了，原来自己吃了点东西了。他对做过的小动作不在意，仍坐着，手握着，仿佛自己是桌子的延伸部分。

随着夜晚到来，R听到消防车的警笛一阵阵响起。每开过去一辆消防车，就抽走一层傍晚，天黑得结结实实了。

电视里播放生活类谈话节目，谈着谈着，几人笑了，谈着谈着，几人都站起来，移动到一张小桌后面演示，教观众把卷纸纸芯、饮料瓶变废为宝。屏幕下方滚动播放实时新闻的概述文字。R往前凑了凑，他关心其中一则，新闻大概是说一栋楼着火了，火势立刻很大，却烧得正好，没有殃及周围建筑。廉价手工活完成，电视里的几人特别开心地笑了。节目结束，进入广告。接档的是自然科普节目，R不挑不拣地看下去。在讲解火山爆发和泥石流制造动物化石的画面下方，字幕播报火灾后续情况：火扑灭了，五死三伤，怀疑是纵火。受害人是谁？新闻没说。

自然科普节目也结束了，窗外又响起了警车和救护车的声音，R听见它们分散成几股，驶往不同方向。说明坏事正在遍地发生。

这个多事之夜，还有一段尾声。

R沉睡在无梦的睡梦中，被电话铃声吵醒。他接起来，里头是沉重、缓慢的呼吸声。那声音和一来一回的黑风穿梭在枯树林相似，风的目的是什么呢，像在搜寻躲藏的幸存者。最近他多次接到这种电话。他保持安静，一个"喂"字也不说，对方也没说话，只是尽情地朝他呼吸，黑风吐到耳膜上，吸走时把耳道抽成真空。他仔细听了约莫半分钟恐怖呼吸声，挂上电话，身穿条纹睡衣在床沿上坐了很久。

以这晚为新起点，凶杀案几何级数地增长，很快就不分昼夜地连续发生。

警力不足，或者警方心理上极度松懈，凶手一个都没归案。警方好像更在意受害者们。受害者的信息非常浅显地存在，一查就全明白了，有工作，有住址，有正在进行中的社会关系，然而再往前查，越过某个时间节点，忽然都查无此人，生存痕迹凭空消失了。

R从新闻里听说了越来越多残忍的事。他不变地生活和工作。

有一天,有个紧急的工作指令临下班才派下来,落到 R 手上。办公大厅里同事变少了,灯一个区块一个区块地熄灭,人声抽离了。几个钟头后,只有头顶的日光灯照着 R 这一方角落,R 像在演独角戏,几次觉得观众在场,隐身在四面八方的办公物品后面。

工作终于完成,R 去乘地铁。从地铁站走上地面,离开大马路,再拐进小路。这时 R 停住了,轮流将两只脚抬起,脚踝搁在对侧的膝盖上,他好奇地检查鞋底——很像粘上了什么,使脚步声变得拖沓,越在安静的地方走越明显。但他看到两只鞋底是干净的。是走出地铁站后,有一个人一直踩在他的脚步声里走路。

R 试着走起来,那人也走起来。R 一停步,那人也停下来了,停在身后。R 向身后看,跟踪者任由他看,直挺挺地立着,夜与路灯为其勾出一个高大的轮廓,其局部与小路上其他事物的阴影相衔,好像是夜派生出来的一头怪物。

R 扭回身,仿佛无所谓似的又往前走,刚走了几步,闪进一条更小的路,一闪进去立即站在阴影里不动。

R 侧头看到地上有黑影爬过去了,紧随其后,那个轮

刺杀平均体

廊横切过路口,又听见从自己脚步声中分离出来的脚步声跟随黑影和轮廓而去。

R又快又轻地继续往小路深处走,等到脚步声转回来,他已经站在路尽头最浓稠的阴影里。月色和路灯照不到他,他摸到粗糙的墙面,闻到墙上地上令人作呕的味道。他明白了,这里是前些天出事的巷子,自己正在吸入被残杀的平均体散发出的血腥味。那个同类好似借夜色还魂,也贴在身边的墙上,依然浑身冒血,跟自己点点头。

跟踪者的脚步来来去去,有一刻,往巷子深处试探,到底是犹疑着,一步一步真正走远了。R靠住墙,松了一口气。身边的人消失了。

R走出巷子,走到路灯和行人多一点的地方,再步行几分钟就能到家了。假如非死不可,也没办法,可R尤其不愿意在附近死,因为几年前的某个深夜,他就是在这里觉醒的。

感觉像在黑暗中乘了上升一百层的电梯,后来意识停稳了,他睁开双眼。他看到了街景,看到了人类,举起手便看到自己的双手,手有正反两面,可以向内面弯曲。他听见声音,闻到气味。他想了想,想出一个住址,并在心中勾画出从这里到那里的路线图,就松开两只虚握在眼前刚刚供自己进行观察的拳头,垂下手,抬腿迈出第一步。人们并没有注意到,路边有一个生化人现形。他离开原地。每走一步路,认出新映到眼角膜上的事物,也即认识样子、明白用处、叫得出名字,虽然它们都是生平第一次见到。在一家店外面,他驻足浏览橱窗,从橱窗玻璃上他第一次见到自己,是一个介于青年和中年之间的普通男子。

那就是 R 觉醒,或说诞生,或说被投放到人间的最初片刻。

他在这片刻之中的头一秒钟,理解万物之前先理解了自己是平均体,不用别人告知,这是思想内部自动识别出来的事实,是前提。他按心中浮现的住址走到家,在衣服口袋里找出钥匙打开门,站在门口,自然地理解了房子里头有什么。他把钥匙留在以后最爱用的桌子上,走进厕所,脱掉全部衣服,由各个角度看镜中的身体,双手细腻地摸它,随后跨过满地衣物来到卧室,取出睡衣穿上,平躺在床上,手在胸口对称地摆好,接下来他闭住眼睛,知道天亮之后该去哪里该做什么。

R 被投放的同时,另一条街道上,某段地铁站台上,某间呕吐物和尿液溅得四处都是的酒吧厕所里，也冒出来一两个平均体。男的女的，老的少的，他们像 R 一样瞬间理解了现实，走进自然人中间；也像 R 一样，被投放到位时，配套的生活，家、学校、公司，已经按照蓝图，也称背景卡同步安排好了。

R 对被投放前也有少许记忆，那算他的生命初期，他曾经无意中听到一段对话。地点是在一个大房间。当时 R 赤身裸体，浸泡在充满液体的伏特加似的大瓶子中，眼睛偶尔睁开一条细缝，周围全是大瓶子，每个里面装着一个待成熟的平均体，瓶子多到难以计算。R 不清楚自己花了多长时间成熟，但发觉意识渐渐清晰，有时感觉到有人在瓶子间走动，调节仪器，记录数据。有一次，R 听见了说话声就自觉闭上眼睛，两名技术人员边谈论"他们"，边从前面一排瓶子之前经过。"他们"，不是 R 这种他们，也不是说话者的那种他们，指的无疑是世界的掌权者，他们正动用权力，还有以权力换来的金钱和科技力量，对当今世界的细节进行修正。

"技术上既然能做到，为什么不干脆重造一个世界，那更符合他们的要求。"一个技术人员说。

"我们好像讨论过这个问题。"另一个更沉稳的声音说。

"那可能因为我只是一名小小的爪牙,不能总是记住头脑的意志。"第一个说。

"打个比方!"另一个说,"假如你有一条巨型邮轮,一开始你也觉得它大,后来你嫌弃它了,这时候不是扔了它,更好的办法是把它开进船坞,切成两半,把两半船往两头拉开,中间填进一截新做好的船体,再把新的旧的焊到一起,你就得到了一条巨巨型邮轮。你把它开出船坞,开进大海,大海也就是我们的时代。就是这么个思路。因为弄一条全新的,造价更高,因为旧的全扔了不划算。"

"好的,我要记起来,是这么回事。"第一个谦虚地说。

"补好的船,新世界,未来。"另一个说。

R悄悄抬起眼帘,视野里有数具身体,是他的同类,都漂浮在瓶中的液体里,两件实验室白外套从一个个瓶身玻璃上映过去,那两人慢慢走出了房间。

不过这是简单化的比喻,世界并非只被切开一次,拼入一大块假体;现有技术做得到在任意地方切开一道口子,挤入一个生活单元,R这种平均体就被装在里面投放到世界上。

刺杀平均体

和初代平均体不同，他们不再被动地"体现平均"，而是发挥类似调节器、校准器的作用，将周围的自然人"调整到平均"。具体来说，在某区域投放一定数量的平均体，可以引导自然人的思想和行为向着设定好的值靠拢，人们被校准了差异，就能加速推动某个事件成为现实，或者相反，延迟此事的到来——此事可以是选举、革命、世界大战或者太空计划。

每个自然人都感觉到了，世界在特殊力量的牵引下脱离了自然发展的轨迹。对于 R 这代平均体，自然人几乎不公开讨论，但随着平均体专利权从最早的科技公司易手，初代平均体被大量销毁，又听到了一些似乎泄密自实验室的消息，再加上直觉，人们根据这些找出了头绪。

自然人开始动手剔除平均体，有人自己动手，有人雇凶行刺。R 受到同事的怀疑、连续接到恐吓电话、被人跟踪，他在觉醒之夜曾经纯真地睁开双眼迎接一切，自以为属于它们，那种心情永远过去了。现在他感到刀锋迫近。

下次不会再有今晚的好运了。他想。

要几个人去仓库，领导突然吩咐道，并点名 R 去。

今天不是盘库日，不过有时公司在连续几个大单出库入库之后，会额外启动一次清点工作。今天算是这种情况吗？R把疑问的目光转向领导，领导的眼睛慌忙转到几份文件上，双手整理它们叠放的次序。R站起来，把椅子推到办公桌底下，将椅背上的外套攥在胳膊中。"那么，我先走了。"他说。领导嗯嗯了两声，还在弄文件，把中间的抽出来放到上面，手指以眼睛配合不了的速度翻纸张。R对那个向来和善的人看了最后一眼。

仓库不和办公室在一起，租在遥远因此便宜的地方。R坐上了别人的车，同坐在后排的是地铁上对自己动手动脚的同事。开车的人，R稍后认出来，是那天早上和同事说话的另一个同事，这人的特点是大个子，脑袋高挑在驾驶座位上，经常性地在后视镜里瞟一眼R。

刚才他们三人从办公大厅三个点同时站起来，穿过一大片忽然寂静无声的同事，同事脸上挂着各种各样的表情看着R，三人会聚到一起，来到走廊上，乘电梯直达地下车库。R数次想滑脚溜走，但那两人打配合，把他始终夹在中间，大个子负责遮断他的退路，最后他被送进车里，车门落锁了。车出发时，下午已经过去了一半。

天更阴沉了,密云堆积在挡风玻璃前,朝它行驶一段时间后,所去何方,所为何事,都变得莫名其妙。来人间这一趟,真是莫名其妙啊,R忧郁地看着天上的云,自然人会觉得自己一生莫名其妙吗?车里的广播不断换台,交通事故,歌曲,球赛转播,歌曲,股市评论,歌曲。R知道了,大个子耐心不好。

后来大个子把音量调小,向后座道:"喂,平均体!"用的是上班族有时叫看门人、清洁工的口气。

"什么!"R装作听不懂。

两人都被R无用的矫饰态度逗乐了。

"问问你,当平均体什么感觉?"大个子说。

R困惑于同事指的是自己在伏特加大瓶子里的时候、觉醒的时候、前些日子受威胁的时候,还是穷途末路的此时呢?同事一定没想到吧,还有不同的感觉。R没有说话。

"你来我们这里,来人间多久了?"熟同事问了一道容易回答的题。

"五年零七个月。"R说。

"就是说,你现在实际上五六岁啊。"熟同事说。

"如果你非要这么说的话。"R无奈地说,"我们在一起工作也有三年多了。"

"我记得，我们是同期入职的。"熟同事说。

"怎么判断出我是平均体的？"R说。

"观察。"熟同事简略地说。

这就属于自然人的智慧吧，R思考着自己的破绽，问道："必须杀掉我吗？"

阴天里，熟同事的眼睛亮晶晶的，往R脸上细密扫视。R转开脸，车子确实是朝着仓库方向去的，看来两人杀人也不忘上班。两人会在中途杀死自己，然后抛尸，然后真的去仓库点货，最后回到城里，明天全公司将有默契地不提自己，今后万一警察来查，两人就说不知道，最后一次和那人在一起，是去盘库，警察敷衍着问几句就走了。R觉得，事情大概将这样发展。

就照R想的，车开上辅路，停在路边。好安静，密云更低了，盖在大地、时间、所有来龙去脉，以及小汽车上。

在汽车后座，两人轮流用一根准备好的绳子勒R的脖子。两人都是杀人生手，不但没经验，也不擅长一边做事一边学习，勒了好一会儿，R还没断气。在R的体会中，缺乏耐心的大个子更不顶事。此时R胡乱挣扎，手向后抓挠大个子的手,两只脚踢蹬车门和椅背,眼珠快要弹出眼眶,直直对着窗外一个方向。他看到某种东西沿路边的行道树奔跑,有高有矮,它们停下来看了看这辆车,又排队跑开了。这是不可能的,我出现了幻觉。他想。

大个子勒了一阵,退到了车子外面,换熟同事钻进来接手。R进入新一轮窒息,他几乎躺倒在熟同事怀里,两人争夺一份性命。他听见熟同事边勒自己边断断续续地说:"抱歉,不方便让你们改变世界,我只是一名小职员,但我不允许这样!"沉重的呼吸声夹杂在句子里。大个子拍打车顶,喊着"加油,用力"!

动手之前,两人曾问R的具体使命是什么?这些年究竟有哪些重大事件受到过平均体的干预?人类将被调整到什么水平?R都答不上来。他只是世界的掌权者弥散式投放到人间的许多校准器之一,只知按设定好的一套生存,不了解大局,不清楚巨型邮轮正朝大海哪个方向航行。眼前升起黑雾,R用残存的脑力想,两人怎么不问这个问题:数量。但问的话,他也答不上来。他以前待过的大房间兴许是很多个房间中的一个,伏特加般的孕育瓶有无数个。

一线空气意外地流进R身体里,熟同事松开了手。打断行刑的是由远及近的警笛声。"怎么回事？"熟同事问。

很快，三辆警车从旁边的主路经过，急驶向前方。大个子坐回车里，调响电台，正播送突发新闻，大个子听了听，骂起脏话。人类发展与规划博物馆离这里不远，事故发生在一个小时前，初代平均体砸碎了一面玻璃，参观者起先以为是在进行某种表演，回过神来，玻璃房已经变空，它们在展厅里狂奔，配枪的保安赶到，活捉和射杀了几个，但叫剩下的逃到了博物馆外面，警察提醒附近的人注意安全、留心线索。新闻说，原因在查，怀疑初代平均体集体进化了。

R 奄奄一息地倒在座位上，熟同事瘫坐在旁边。"这世界怎么回事，我累了。"听完新闻，熟同事说。

"不知道，"大个子转过头鼓励道，"先把手头事干完吧。"

"你来吧。"熟同事说。

"你吧。"大个子说。

R 感到脖子上的绳子又勒紧了。